KB063441

냉동실의
까마귀

냉동실의
까마귀

손승휘 시집

책이있는마을

차례

4부   **냉동실의 까마귀**

'끝없는 도전, 장르의 파괴'

손승휘는 특이한 작가다. 아니, '특이하다'는 한마디 표현으로는 부족할 듯싶다. 그에게서 단편적으로 들은 이야기를 꿰어 맞추면 그는 20대 후반까지 전공이었던 건축 일에 종사하다가 어느 날 갑자기 하던 일을 걷어치우고 글 쓰는 일에 매달리게 되었다고 한다. 어쩌면 평생의 직업이 됐을지도 모를, 남부럽지 않은 생계의 방편이 됐을지도 모를 그 일을 스스로 작파한 것은 '가상한 용기'일 수도 있고, '섣부른 만용'일 수도 있다.

하지만 그 이후 30년 동안 그가 쌓아 온 글쓰기의 이력을 되짚어 훑어보면 글쓰기에 대한 즉흥적이고 막연한 동경만으로 불확실한 방향전환을 꾀한 것 같지는 않다. 모르긴 해도 그 나름대로의 신념과 열정으로 단단하게 무장돼 있었을 터다. 물론 거기에는 남다른 각오와 노력이 수반돼 있었을 것이다.

내가 그의 글을 처음 읽은 것은 '사의 찬미'라는 제목의 소설이었다. 윤심덕의 노래 제목이기도 한 이 소설의 제목이 암시하는 것처럼 이 작품은 일제 강점기였던 1920년대에 성악가이자 배우로 활동하던 윤심덕과 김우진의 애절한 사랑 이야기다. 그들의 사랑 이야기는 너무 유명해서 알 만한 사람들은 대개 아는 이야기다. 이미 전기(傳記)나 소설로, 영화나 연극으로 수없이 많이 소개됐기 때문에 이런 류의 실명(實名)소설은 자칫하면 '그저 그런 이야기'에 그칠 가능성이 높다.

하지만 손승휘는 소설 '사의 찬미'를 통해 그와 같은 선입견을 말끔하게 깨부쉈다. 그가 등장시킨 몇몇 인물들은 실존 인물이 아니면서 실존 인물 이상의 역할을 해내고 있는 것이다. 그것은 아마도 그의 소설가적 상상력과 구성력이 남다른 경지에 이르고 있음을 보여준다. 그런 그의 재능은 조선 왕조를 개국한 이성계와 기미 독립 만세운동의 주인공인 유관순을 주인공으로 한 소설에서도 긍정적인 평가를 얻은 바 있다.

그렇다면 그 상상력과 구성력의 시발은 어디였을까. 그것은 아마도 30년에 이르는 그의 글쓰기의 출발이 만화의 스토리였다는 사실과 무관하지 않을 것이다. 만화에서 시작된 그의 상상력과 구성력은 글쓰기의 모든 장르를 넘나들겠다는, 장르를 파괴하겠다는 강한 의지로 나타나고 있다.

이번에 새로 출간되는 시와 사진집 '냉동실의 까마귀'도 '장르 파괴'의 또다른 시도를 보여준다. 때로는 감상적이고 때로는 도전적이며 때로는 낭만적인 시편들, 그리고 모든 격식을 깨부수는 사진들에 대한 틀에 박힌 정석적(定石的) 평가는 부질없는 짓일 게다. 그저 읽는 사람, 보는 사람이 그의 작품들에 젖어들기만 하면 그로서는 소기의 목적을 달성했다고 생각할 것이다.

그는 요즘 우리 사회의 온갖 비리와 부정에 과감하게 맞서 종횡무진의 활약상을 펼치는 액션 영화 같은 소설 '배반의 공화국'이라는 작품 집필에 몰두하고 있다고 한다. 그 역시 '장르 파괴'의 새로운 맛과 멋을 보여줄 것으로 기대한다. 그의 도전 정신이 어디까지에 이를지 지켜보기로 하자.

정규웅(문학평론가. 전 중앙일보 논설위원)

1부

나는
이 도시를 머물다
바람처럼 지나다

내가
정한 대로
죽기를 원하다

도시의 구석

돌아보면 도시는 항상 슬프고 우울했다
절망과 배반과 굶주림과 비난뿐이었다
사랑이 모두를 이기게 해주리라는
마른 종잇장같이 허약하기만 한
선교사의 말을 믿기엔
나는 너무 오래 도시에 머물렀다

떠나기로 한 약속은
언제까지도 지켜지지 않았다
기도는 날마다 기도인 채
플랫폼으로 들어설 수 있는
단 한 장의 차표도 확보하지 못하고
오늘도 젖은 아스팔트를 배회할 뿐이다

사랑을 포기한 적은 없다
언제나 조바심내며 기다리고는 했다
고개를 돌려 외면하면서도
옆에 와 나란히 서는 인기척을
느끼고 싶어했다
그러나 바라고 바랐지만

착각이라도 일으키고 싶었지만
언제나 나는 타인만을 물끄러미
구경할 뿐이다

날씨 탓은 마세요

날씨 탓은 마세요
아무리 안개 자욱해도
안개 때문에 갑자기 눈물이 나도
당신 마음에 눈물이 있었던 거지
서울역 앞 새로 난 기찻길 위로 길게 난 다리를
혼자 걸었더랬어요
꽃잎이 비에 젖어 떨어져 내려도
괜찮아요 날씨 탓은 마세요
꽃잎이 떨어진 것은 나무에 잎이 있어서지
비바람이 나무 때문에 불어온 건 아니잖아요
누가 알겠어요 더 오래 시간이 흘러
숲마다 온통 바람이 맺히고 비가 내리고 안개가 감싸더라도
어느새 나무마다 정말 예쁘게 버쩌라도
열릴지 날씨 탓은 마세요
달빛이 갈대 위로 내려오는 산마루에 서서
물 위에 뜬 달을 보았죠
지나온 길과 길 동네와 동네를 생각했어요
이제 다시 길을 걸으면 또
비는 내리고 바람이 불고
안개가 자욱한 날 들판에 깔린 별을 갖겠죠

날씨 탓은 마세요
버찌는 나무에 열리고 바람은 모른 체 할 테니까

꿈

성냥팔이 소녀를
보면서 참 가엽다고

성냥을 팔다가
성냥 한 개피로
불을 붙여서 거기
떠오르는
환상을 바라보다
얼어죽으니 참
가엽다고

가엽다고 생각하다가
문득
나를 돌아본다

나는 몇 개나
그어댈 성냥을 가지고 있는지

만조쿠미세

너덜거리는 간판처럼
오늘도 우리는 팔려나간다

만족하십니까

만족시키지 못하면
당연히 좆같은 놈이지요

만족하십니까

오늘도 그대를 만족시키기 위해서
웃고 울고 최선을 다하는 나입니다

만족하십니까

요즈음 내 관심사는 오로지
그것뿐인가 한다

까마귀

일본의 어느 도시든 이른 아침 물안개가 내리는 시간쯤
에 빌딩들 사이를 걷노라면 거기서 까마귀들의 활공을 볼
수 있다 까마귀들은 어른 키만큼이나 커다란 날개를 펼치
고 빌딩들 위를 활공해서 쓰레기 봉투 위로 내려앉는다 까
마귀들이 쓰레기를 탐내고 활공한다고 해서 활공의 우아함
이 손상되는 것은 아니다 우리가 살아남기 위해서 하는 모
든 몸짓이 그러하듯 까마귀들도 살아남기 위해서 우아하게
활공한다 그 활공의 목표로 인해 까마귀가 까마귀답지 않
게 되지는 않는다 우리가 까마귀를 다만 까마귀라고 부르듯
이 까마귀들도 우리를 다만 사람이라고 부를 것이지만 까마
귀가 각기 우리는 모를 그들의 이름을 가지고 있듯이 우리
도 우리들 각각의 외로움을 간직하고 있다 외로움에 젖어서
혼자 있을 때에는 외로움을 모르겠지만 우리 곁에 누군가가
있어준다면 우리는 그 외로움을 발견할 것이다 까마귀보다
더 외로운 우리는

노컷

순수하라고 하시면
전 이미 너무나 많이 순수합니다
날마다 카페인 덩어리를 사모으느라
열심히 품을 팔고 있는 내 모습에서
맑고 투명한 욕망을 느끼지 못하셨나요
천사처럼 살라시면 그러지요
정말 싸구려로 절 드리지요
그 허연 허벅지만 조금 보여주신다면
세 치 혀로 갖은 묘기를 다 보여드리지요
아아 하지만
이것 한 가지만은 저도 못하겠어요
노력해 보았지만 정말 안 되더군요

당신을 사랑할 수 없어요

사진 정화령

겨울

이렇게 날이 추우면 문득
교도소나 요양원에 친구 하나쯤
들어가 있었으면 싶어진다
꽃을 사들거나 혹은 양말이라도 사들고 찾아가서
안녕 하면서 인사를 나누고
바깥 세상 이야기도 다 아는 체 전해주고
항상 하는 되먹지 않은 농담도 하고
얼굴을 바라보면서 정도 안 들게
아주 가끔씩 만나는
내가 가고 싶을 때만 가는
내가 보고 싶을 때만 보는
그런 친구가 하나쯤

사람이 나빠서가 아니라
내 상처가 무서워서가 아니라
바람이 차서 이제
나도 가끔은 무릎이 시리다

첫눈이 왔으면 좋겠어

눈은 행운이라는데
눈이 오면 외로움도 가버린다는데

창피한 줄 모르고
담배불로 담배불을 붙이며

부러진 손톱처럼
내 가슴에 제대로 새겨지지 못해서

바람아 불어라
바람아 불어라

언젠가 귀밑머리 스치면
눈이 내리기 시작하면

남들처럼
교차로에 서서 플라타너스를 보겠지
저기 걸려 있는 너 길을 건너는 너 택시를 타는 너
혹은 내 가슴에

축제

이제 나는 슬프다
빛 바랜 사진처럼 슬프다
모든 것을 다 떠나보내고
내가 가지지 못한 것은 가지지
못한 대로
내가 버린 것은 버린 그대로
혹은 잃은 것은 잃은 대로
추억으로라도 남지 말기를
남아서 내게 상처가 되거나
다시 떠올라 흉이지지 않기를
화려할 줄 알았지만 언제나 쓸쓸했던
지난 축제의 날들
거기 남겨진 너

지나간 시간을 놓고
나는 이제야 슬프다

봄비

나는 저 봄비를 맞고도 자라지 못한다
누구나 눈물로 자라는데
나는 눈물을 흘리거나 흘리는 눈물을 맞거나 도무지
칠 벗겨진 여인숙 간판의 작대기처럼 건조하다
내 영혼도 이제 막 너덜거리기 시작한다
더 이상 사랑할 줄 모르는 내 사타구니는 보기에도
끔찍하다 느끼기에도 끔찍하다
뿌리도 없고 잎도 없는 버섯처럼 나는
지탱하기에 달콤한 숙주가 필요할 뿐이다

그래도 너는 우는구나
언젠가는 내가 새삼 살아나 줄 것만 같아서냐

수음

안을 보는 건
밖을 보는 것보다 위험하다
훨씬 불안하다
그 중독은 미로 같은 것
심연에서 스스로 나오는 자는
위대해지겠지만
파멸까지 당도하는 동안
얼마나 많이 떠돌아야만 할까
침전과 관조는 비슷하지만
사정의 순간이 같다고 해서
자위와 몽정이 같을까

안을 보는 건
밖을 보는 것보다 끔찍하다

엽서

우체국 가는 길은
언제나 기분 삼삼하다

봄비가 부슬부슬 내리는 길을
슬리퍼 끌고 걷는데
도로 옆 텃밭에 잡초가 파랗다

나도 물 좀 오르고 싶은데
이즈음에는 왜 싸구려
욕망 하나 일으키려는 것조차
이리도 힘든지
온갖 걸 다 동원해도
내 가슴은 부동이다가

그나마 오늘 우체국이라도 가니
내 소식을 기다리는 사람에게 가니
우체국이 있어 주어 고맙다
우체국 가는 길은
참 기분 삼삼하다

소주 한 잔

잊기로 한다

소주 한 잔에
모든 꿈을 지우기로 한다

지나간 꿈
버리지 못한 꿈
이룰 수 없는 꿈
잠깐만 잊기로 한다

소주는 꿈보다 좋구나

이래서 형제보다
사랑하는 사이보다
생각하면 가슴 아픈
그녀보다
소주가 달콤하지
달빛 구름에 가려 보이지 않고
비는 비대로 오락가락하는
새벽 네 시

소주 두 병에
깜빡 잊기로 한다

마시고 보니
소주는 너보다 좋구나

새가 된 아이

웃음이 너무 예쁘던
아이는 새가 되었다
아무리 힘들어도 웃고
아무리 가난해도 웃던
아이는 새가 되었다

사람 좋아하고
술 좋아하고
보살피기 좋아하던

월급이 안 나와서 어려울 때
자기 카드로 회식비를 내던
선하고 털털했던 아이는
어느 날 갑자기 허물을 벗고
새가 되어 하늘 멀리 날아갔다

오늘부터 하늘을 날아가는 새는
나뭇가지에서 지절대는 새는

바로 너다

가마우치

갈라파고스에는
날개가 너무 작아서
날지 못하는 새가 산다

가마우치
내가 너를 닮았다

잘 살고 있다

황사가 지독하다
내일을 기다리면서 내내 조마조마한데
아직 청명하다는 소식은 어디에서도 들리지 않는다

봄은 더디고
바람 불어오는데
그날 밤
전화기를 붙잡고 엉엉 목놓아 울던 그 사람

전화를 끊고 잠이 들었다
잠에서 깨어 라면을 끓여먹는다

에이 씨발
에이 씨발

나도 가슴이 아픈데
아파 죽겠는데
아침부터 똥이 마렵다
잘 살고 있다

오늘

"우울증을 전파하지 말아요
산에만 다니지 말고 의사를 만나세요"

오늘 그녀가 내게 한 말이다
오랜만에 만난 그녀는 이제 나를 더 이상 철없는
소년으로 보지 못했다

돌아오는 길. 수많은 형광등 불빛
나는 차창에 기대어 바보처럼 웃는다

초라함을 감추는 짓은 참 초라한 짓이다

서성거리다

노트 한 권을 배낭에 넣고 찾아간 거기 바닷가의 작은 도
시 골목 안에서 그 사람이 내려주는 커피 한잔을 마신다 어
쩌면 우리는 이렇게도 오랜 세월을 서성이고 있을까 너나 할
것 없이 담배 한 개피처럼 소주 한 잔처럼 덧없이 홀짝이며
서성이고 있을까 어디쯤에 우리가 내려앉을 아주 작은 나무
등치라도 있을까 이제는 날아오르고 싶지도 않아

인생은 적당히 지독한 것 손이 아파 그림이 그려지지 않을
까 봐 무서웠는데 그려지더라 웃지 마 슬퍼보이니까 매서운
바람이 불어오는 한겨울을 그렇게 지났는데 이제 봄이 오니
더 무서워서 밤거리를 휘휘 걸어다닌다 나란히 서서 세상을
바라본다 사랑도 인생만큼이나 작은 거야 그렇지 창밖의 그
사람이 담배 연기를 내뿜는다 나는 하릴없이 창밖의 그 사
람을 바라본다

서성거린다 거기서 또 그와 함께 서성거린다

카페에서

사람을 사랑스러운 눈길로 바라본 적이 있는가
사람의 사랑스러운 눈길을 받아본 적이 있는가

아니 그저 그런 표정으로 같이 외로움을 이야기할 수는
꼭 내 이야기가 아니더라도 그 사람 이야기가 아니더라도

– 외로워서 섹스를 하게 돼요
그냥 외로운 게 아니라 외로워서 멍해지면

– 이상하군
무서울 것 같은데 다음날 아침이면 더 외로워지는 게

그때 커피를 마시는데 낙엽이 굴렀다
기억나는 건 외로움뿐이었다

일몰

창을 흔드는
저 바람소리로부터
내 안과 밖의 경계를 잡아 흔드는
스산한 욕망으로부터
비운으로 가득찬 저 거리의 불빛들로부터
단 한 번도 달아나보지 못했다

창이 흔들리면
창가에 기대어 서서
흔들리는 불빛들을 바라보며
내 얇은 가슴에 빗질을 한다

언젠가는 돌아설 수 있을 것이다.
언젠가는 돌아설 수도 있을 것이다

언젠가는

편지

지난 한 해 참 고마웠습니다 언제나 반갑게 맞아주고 악수
를 나누고 함께 밥을 먹고 술을 마시고 차를 나누고는 했지
요 그렇게 하루가 가고 사흘이 가고 몇달이 지나고 이제 해
가 바뀌어 봄이 왔습니다 이야기했던가요 당신과 손을 잡고
나란히 앉아 있을 때가 나는 정말 이 세상에서 가장 편안했
다고 당신의 기척을 바로 옆에서 느끼며 참 아늑했다고 그래
요 언제나 서로의 안부를 물으며 인생을 살아왔는데 반갑게
만나고 헤어지면서 살아왔는데 세월은 흘러서 이제 이별의
악수를 나누게 되었네요 그동안 참 고마웠습니다 길이 서로
달라서 다시 만나지 못한다고 해도 섭섭해하지 말아요 우리
가 사는 각각의 세상에서 남은 인생을 보내며 기억이 날 때
마다 저 변함없는 하늘을 바라보면서 어느 하늘 아래에선가
당신이 나를 생각한다고 믿겠습니다 나도 어느 날 차를 마시
며 혹은 술을 마시다가 내가 사는 도시에서 당신을 생각할
겁니다 이렇게 서로 헤어져 살아가다가 우연히 어느 날 만났
을 때 이렇게만 말해주세요 참 열심히 살았다고 그 시절처럼
안녕 잘가요

새벽

아침이면 쓸쓸해진 거리에
쓰레기 차 한 대가 덜컹덜컹 지나간다
쓰레기처럼
길가에 쪼그리고 앉아
쓰레기들을 쳐다본다
나처럼 쓰레기들도 많이 지쳤다

누이들이 천천히 철시한다
어제는 정말 많이 벌어서
행복했다고는
누구도 말하지 않는다
이제 다시 밤을 위해서
탁상시계와 인형과
보온밥통 사이에서 잠들기 위해
천천히 햇볕 쬐는 거리를 걷는다

안되는 줄 안다
나도 안다

아무리 반복해도 안되는 줄

어느 누구와 반복해도
처음부터 다시 시작해도
안 되는 줄 안다 너 대신은

그게 그리 안타까워도
한낮에는 냉면을 먹고
저녁이면 담배가게에 가고
술집에서 히히덕대며
세월은 간다
저 누이들이나 나나
느릿느릿 간다

안 되는 줄 안다
나도 안다 너 대신은

시월

누구는 먼 영원의 자락이
손끝에 만져진다는데
나는 여직 철없는
연애질이나 하면서
내일은 또 내일은 하면서
지금은 잊었으면 하면서
졸렬한 꿈에 몰두하고 있나
바람이 분다고 나서든지
비가 내린다고 나서든지
길가에 우두커니 서면
가엾어라 내가 나에게

사진 임희정

장마

밤이면 바람이 불고 비가 내렸다 꽃잎이 비에 젖어 흔들리는
새벽에도 나는 잠들지 않았다 젖은 우산을 흔들며 들어서는
빗방울 맺힌 머리칼 성모의 보석 중에서 남 몰래 흘린 눈물
슬프고 슬프고 슬픈 아름답고 아름답고 아름다운 사랑은
우리가 있다고 믿으니까 존재하는 거예요 당신이 이제
없어졌다고 말하신다면 우리는 마주친 적도 없는 거겠죠
비가 끝없이 내리는 바닷가를 돌고 도는 거리를 비가 와서
걸었어요 아 그래 술을 마시고 반짝이는 아스팔트를 걷다가
문득 장마가 오면 네가 보고싶어지는 이유를 이제야 알았다

이명

어느 때인가는
우리도 정점이 있었는데
인생이 정말 살 만하다고 여겨지던
그 시절이 있었는데

오늘 내 귀에는 이명(耳鳴)이 인다

소주 한 병의 의미가
살결 고운 계집하고의 하룻밤보다
더 좋아진 사연을 알 때쯤에
되돌아 보니

멀리도 왔구나
정말 멀리도 왔어

오륙십 별 거 아니라던데
아직 살 날도 많다던데
하나 둘씩 사라져 가는 풍운
내 곁의 꿈들 건장한 꿈들

장정이라는 말 듣던
내 친구들이
비바람에 눈서리에
하나 둘 쓰러져 가더니
오늘 내 귀에도 이명(耳鳴)이 인다

진씨네

허파에 탄가루가 가득해서
목소리를 잃어버린
진씨의 큰 아들
진씨는
막장에서
탄가루에 묻혀 죽었다

진씨 큰아들 진씨의
동생 진씨는
아내도 있고
아들도
딸도 있으면서

덜컹덜컹
궤도차를 집어타고
막장 안으로
들어가더니
여직 소식이 없다

진씨 아내 말로는

들어가면
오십만 원 더 준대서
들어갔다는데
한 달에
오십만 원 씩이나
더 주니
진씨 작은 아들
진씨가
들어갈 수 밖에

좆같이
오십만 원 씩이나

난

난을 곁에 두면 난이 나를 키운다는데
나는 난을 단 한 번도 살려 본 적이 없다

생명토에 정성스레 물을 주고 손끝이
떨리도록 아껴도 결국
난은 내 손에 오면 죽어나갔다

백발이 반듯하고 아름답던
그 시절 사장님은 항상 내게
난도 못 키우면서 글을 써 이눔아

책처럼 되지도 않고
신문 광고처럼 되지도 않고
난은 날마다 내 손에서 죽어간다

사장실로 가져가면 되살아나고
살아서 돌아오면 죽어서 돌아간다

발송회사도 없던 그 시절
책 박스를 어깨에 메고

종로 6가 트럭터미널을 내달리던
내 젊은 시절에 난은
그렇게 내게서 멀어져갔다

그 후로 나는 난을 보면
애써 고개를 돌리고 다니게 되었다

2부

그대로 둡시다
지금의 당신과 나를

더 행복하거나
더 슬퍼지지 않도록

롯폰기의 비

거짓말이어도 좋아
오늘처럼 우울한 날은
사랑한다고 해줘요

커피 한 잔을 앞에 놓고
나란히 앉아서 창밖을 보다가
그녀가 말했다

'사랑해'

라고 거짓말을 해주었던 기억이 난다
롯폰기에서는 아무도 사랑하지 않는다
섹스만 한다

그래서 나는 거기서 그녀를 만난다

전갈

기다린 적이 없어도
객지 소식이 오지 않으면
산골 사람들은 웬지 불안했다

비가 오거나
눈이 너무 쌓이면
불안은 더하다

비가 와도 산골에 넘칠 리야 없지만
눈이 쌓여도 산골이 묻힐 리야 없지만

나가고 싶어하지 않았을망정
전갈을 보내지는 않았을망정
객지에서 소식이 오는 것은 궁금해서

슬쩍 산기슭에서
사람 오는 길목을 내다본다

저 멀리 잔나무 가지들 사이로
언뜻언뜻 오는 당신

장미

안녕
잠시 헤어지자

세상살이가 나도 만만치는 않더라
사람 사는 세상이 너한테는 더 만만치 않았겠지
헤어질 시간인 줄도 모르고
웃으며 손을 흔드는 나를
오래도록 그렇게 바라보던 너를
먼저 훌쩍 떠나겠다는 인사인 걸 몰랐다
이제 잠시 헤어지자는 인사인 줄 몰랐다
누구나 살아갈 이유가 있어 살아가겠지만
그리 오랜 세월이야 흐르지 않을 테니
네가 머무는 그곳에 내가 가면
찾아와다오 네가 나를 언제나처럼
이름을 부르면 찾아오던 여기서처럼
거기서도 다만 내가 이름을 부르면
찾아와다오 너는 나보다 아름다워

안녕
혼자 떠나게 해서 미안하다

만찬

며칠 후 당신이 내게 오시면 나는 저 새하얀 식탁보 위에서
갓구운 빵과 달콤한 마끼야또를 대접하겠습니다 며칠 후에
도 지금처럼 밤 사이 바람이 불고 아침 햇살이 잎사귀들마
다에서 반짝이고 짙푸른 바다 위로 배 한 척 지나가지 않았
으면 좋겠습니다 하늘에는 구름 한 점 없고 새도 함부로 날
지 않았으면 좋겠습니다 장사가 무척 안 되는 날이어서 손님
은 우리만이었으면 좋겠습니다 잡지책 하나쯤은 가지고 가
서 당신이나 내가 잡지를 들추는 무료한 시간이어도 좋겠습
니다 굳이 말하지 않아도 좋을 것들에 대해서는 말하지 않
도록 언제나처럼 당신을 바라보며 다른 사람들의 이야기를
들려주었으면 합니다 그 사이 수많은 세월이 흘렀듯이 며칠
후에도 시간은 흐르고 당신과 내가 헤어질 때쯤에는 그리움
을 잊겠지요 당신이 오고 간 며칠 후에는

나비

나비를 보았다

그녀는 부친상을 당했고
나는 그녀와 나란히 상복을 입었다

돌아와 마당에 나란히 앉은 날
담장 밑으로 날아오르는 나비를 보았다

살아가야만 할 이유가 있을 겁니다 아마
두 가지쯤 어쩌면 한 다섯 가지쯤

담장 아래 장미 넝쿨 그늘에서 문득
날아오르는 나비를 보았다

보석

그림 하나를 찾았다
조금은 유치하면서도
마음에 드는 예쁜 그림

한때
내 작은새였던 그 아이가
생일을 축하하면서
보내준 소녀다운 파스텔화

이제 잊었을지도 모르는
그 시절 그 시간 그 순간들

어느덧
너도 나도
한해 한해를 보내며 그만큼
빛 바래는 기억들

사랑은 참 작지만
인생은 길고도 길지

소녀는 본래 나보다 강하고
나는 너를 바라보면서
지금의 네가 아닌
그 시간의 아이를 간직하고
오늘도
객적은 농담과 함께
술을 마신다

빛나는 보석들
보석들

일기

오늘 날이 참 포근했습니다 당신이 가시던 이 계절에는 참
많이 추웠는데요 눈보라 차갑던 날 당신을 언 땅에 뉘어놓
고 돌아서는 때 왜 그렇게도 추웠는지 알 수 없습니다 이렇
게 따뜻했으면 긴 길을 걷는 내내 조금이라도 덜 서러웠을
텐데요 해마다 당신이 가시던 날이 돌아오는데 해마다 날은
달라서 재작년에는 눈이 무척 많이 내렸었습니다 작년 기억
은 나지 않아요 잊었었습니다 당신을

요즘은 어떠세요 저처럼 바쁘거나 힘들거나 아프지는 않으
시겠지요 술에 취해 걷다가 얼어붙은 땅을 내려다 볼 때면
당신이 누우신 그 자리가 생각납니다 매년 매년 따뜻했으면
해요 당신의 누우신 자리가 포근했으면 해요 낮에는 햇볕이
따스하고 밤이면 고즈넉한 달빛이라도 언제나 비춰 주었으면
해요

저 어떻게 지내시냐구요 그냥저냥 살아요 먼 길을 매일 걷는
데 길이야 달라지지 않으니까 내가 변해갈 뿐이죠 조금씩 나
이를 먹으면서 술도 늘고 담배도 늘어요 나이 먹는다고 당신
처럼 사랑을 알 리가 있나요 사랑하는 척은 해요 사랑한다
는 말도 해요 날마다 그저 유희처럼

언제쯤엔가는 나도 당신처럼 땅에 드러눕겠지요 그러면 당신 곁에 누워서 당신과 함께 하늘을 바라보겠지요 나란히 만나면 참 반가울 거예요 만나면 좀 울 것 같아요 참 오래 기다리셨다고 해야겠죠 너무 먼 길을 걸어서 왔다고 쉽지는 않았다고 인생살이가 만만치는 않더라고

다 아시지요 내가 당신을 생각하고 그리워하듯이 당신도 누워서 날 생각하고 그리워하고 궁금해 하겠지요 당신 생각을 하면 당신 생각에 얽혀서 무슨 말을 하는지 모르겠어요 아니 실은 취했거든요 많이 취했어요 그날 참 추웠던 날을 생각하면서

오늘은 참 포근한 날씨네요 미안해요

키요미즈테라

비가 내리고 있었다

우산을 들고
단풍의 바다를 내려다 보았다
그녀는 내게 이렇게 말했다

언제 다시 올 수 있을까요
여기 이렇게 와서 다시
바라 볼 수 있을까요

가을이 두 번 흘러갔다
멀고 먼 것은 교토가
아니라 키요미즈테라가 아니라
그녀와 나였다

어쩌지요

한국전력이 파업을 감행했습니다

당신이 기차를 타고
먼 철길을 따라
달릴 때 창가에 비치던 그 강가의
아롱아롱 불빛들이 보이지 않을리가요

하늘의 반짝이는 별들이 죄다
수억 광년 전에
사라져 버린 흔적일 뿐이라고
누가 알려주던가요

그래서 당신은 이제
눈오는 날 눈을 맞으면 대머리가 된다고
그렇게 믿어지던가요

작은 줄은 알아요
기뻤던 날들보다
슬픈 날들이 더 많은 때에는
어쩌지요

이렇게 반갑게 만났다가
당신이 훌훌 가버리고
나면 어쩌지요
정말 하늘에 별이 뜬 날
풀벌레 울음소리 들리던 날
당신이 내게 와주셨던 날이
이제 다시 오지 않으면 어쩌지요

내일은

아직은
당신을 사랑하지 못했습니다만
시작도 못했습니다만
그러나 내일은 시작해 보렵니다

내일 아침 눈을 뜨면
당신을 사랑하겠습니다

언제나
오늘보다 내일
당신을 사랑하겠습니다

나와 함께

저녁 노을이 지고
어스름한 땅거미가 내리고
하늘에 별들이 뜨고 또 지고
안개가 자욱했다가
이슬도 영글었다가
아침 햇살이 눈부시도록

함께 아리아를 듣자
(어느 아리아든 무슨 상관이랴
우리가 가진 것으로 하자꾸나)

이윽고 밤이 다 새면
창문을 열고 눈을 부비며
창문 앞에 나란히
오래 서 있자 같은 풍경으로

사랑하는 세상 사람들이 그렇게 하듯
우리도 그렇게 서 있자
세상에 사랑할 수 없는 사람도 있다는 걸
세상에 할 수 없는 일들도 많다는 걸

오늘은 말하지 않기로 하자

이왕이면 손을 잡기로 하자
(손의 크기는 자로 재지 않는다)
해가 뜬 다음엔 골목에 사과장수 아저씨
생선장수 아저씨
참새 비둘기 옆집 아이소리 흐드러지면

이왕이면 나가자꾸나
해랑 같이 세상에

동무

그대가 사랑하는 사람 때문에 눈물 흘리거나
그대를 사랑하는 사람 때문에 눈물 흘리거나
그대가 사랑하는 사람이 떠나가거나
그대를 사랑하는 사람이 떠나가거나

그때 내가 그대 옆에 서 있을 겁니다

외롭거나 서글플 때
힘들고 우울할 때
자랑스럽거나 창피할 때도
내가 그대 앞에 앉아 있을 겁니다

그때를 위해 내가 당신의 동무가 된 겁니다
그때를 위해 당신이 내 동무가 된 겁니다
더는 바라지 말아요
나는 더 이상 가진 게 없으니까

하네다 국제선

공항 셔틀 버스 정류소 앞에 서서
서로 손을 흔들며
다음에 다시 만나요 라고 말하며 헤어지는
그때 웃음이 이렇게
서글플 수도 있구나 생각했다

가슴이 아픈 건 섹스가 모자라서였을까
서로가 서로에게 더 깊이 들어서지 못해서였을까
달랑 나 하나를 태우고 달리는 셔틀 안에서
우두커니 선 너를 바라보면서
멀어져 가는 너를 바라보면서
안타까움에 너무 가슴이 아팠다

다음 차를 기다리지 못한 건
나를 바라보는 네 눈이 자꾸만
붉어지고 있어서였다

걱정 마

어느 때 다시 또 만나겠지
반갑게 서로 포옹을 하고
내일이 없는 듯이 하루를 보내고
날이 밝으면 헤어질 준비를 하면서
바보처럼 살아갈 테지만
그리움도 외로움도 끝은 있게 마련이니까

모노레일에 앉아
어두운 창밖을 바라보며 울고 싶었지만
아마 이 건 그냥 외로움일 테지 다짐하고
내게로 돌아가야지 다짐하고
시계를 본다

열한 시 반
활주로 푸른 불빛이 차갑다

그녀

그녀에게서 몇 장의 사진이 날아왔다
행복했어요 라고 동봉해서 보냈다
한 때는 언제나 과거형이 된다

(나를 좋아해주어서 고맙다)

삼 일째 비

1.
그녀에게 사랑한다는 말 대신 미안하다고 말한다
사랑해서 미안하다고 말하지 못한다
떠날 때는 떠나는 만큼 가슴이 아픈 법이다
아직 괜찮다고 생각한다
더 큰 아픔도 존재할 것이다 어느 곳인가에는

새벽녘
혼자 술을 마시다 내다 본 창 밖은
비에 젖어 있다

궁금하다 그녀는
향기라고는 담배 냄새뿐인 나를
온몸 가득 고름투성이인 나를
개기름낀 나를 진저리쳐지는 나를
비겁하고 교활한 나를
지금도 추억하는 것일까
빗방울이 바람에 흩날린다
오늘은 죽지 말아야지
인생에 더없이 좋은 날 정점이라고 느껴지는 날

그런 날 죽어야지
그녀가 아직 날 기억해 줄 때

2.
울었는데
딱히 왜 울었는 지
그 걸 모르겠네
高兄, 딱 한 잔만 더 했으면 좋겠네

3.
이제 그만
비가 그쳤으면 좋겠다

벚나무 앞에서

비가 오락가락하는 일주일
골목길보다 집이 더 추운 일주일
우울했고
별로 알지도 못하는 모호함의 연속
외부인은 언제나 서류택배뿐인
작업은 지루했다

내 안에서 나를 고독하게 하는
그녀에 대한 욕망과 지루한 꿈

한 통의 전화
그리고 먼 이국 땅에서 처음 만나는 친구와
한 잔의 술과 담배 연기같은 웃음

술집을 나서고
그와 악수를 나눌 때
문득 활짝 핀 벚나무를 보았다

안녕
다음에는 우리 칭따오에서 봅시다

하하하

(봄이 왜 오는지
봄이 와서 더 힘들어요)

(인생이 원래 너저분한 거야
깔끔하기에는 너무 길거든)

전화기를 바라보며 잠이 든다
축제등 화려한 우에노 공원 길 거기
벚나무 한 그루와 함께

비

비를 맞으면서 거리를 걸었습니다
참 오랜만에 멀리 걸었습니다

당신을 만나러 가는 길이었습니다
비바람이 거세어져서
잠시 공원에 앉아
비내리는 도시를 바라보았습니다

술 마시는 사람을 기다리면 어떻게 해요
손이 차잖아요
라고 당신은 말했지만

아십니까?
당신을 만나러 가는 길이나
당신을 기다리는 시간이 모두
내가 당신과 사랑을 나누는 중이라는 것을

혹시 아십니까?
비바람 속에서도 당신 웃음은 참 밝아서
나는 지금도 눈부시다는 것을

사랑을

아니요 나는 아직 당신에게 반 밖에 다가가지 못했습니다 아직도 아침이면 설레이는 마음으로 당신을 향해 한 걸음을 더 떼어놓습니다 밤이면 내일 당신에게 한 걸음 더 다가갈 것을 꿈꿉니다 때로는 한낮의 햇살처럼 어제는 새벽 하늘의 별빛처럼 당신은 나의 하루입니다 언제나 물러나지 않고 그 자리에서 기다려주는 당신에게 나는 날마다 다가가서 어느 먼훗날에는 내가 당신 품에 온전히 안기기를 바라면서 당신이 준 또 하루를 보냅니다 사랑해요 다음 생에도 당신을 향해 못 다 한 길을 걷겠습니다

남장사

남장사 절간에
가득
빨간색 꽃이 피었더랬다

무슨 꽃이래요?

스님도 모른다고 고개를 흔든다
그냥 빨간꽃이지

빗방울 후두둑 대던 계곡에서
그림 그리던 노인네도
고개를 흔든다

그냥 빨간 꽃이지

향대와 마루 사이 담장 아래로
푸른 풀잎들 제치고
지천으로 피어난 빨간색 꽃

비가 반가워

우산도 쓰지 않았던 날
그 여인네처럼

남장사 절간에
가득
빨간꽃이 피었더랬다

빗속에 혼자 섰다

너를 보내고
동학사
빗속에 혼자 섰다

입을 맞추고
손을 흔들며
웃어 보였지만
어쩌면
살아가면서 날마다
가슴 아린 일들이 이렇게
많을까

손을 흔들 때마다
스러져가는 꿈들
손끝에 흔들려가는
우리가 꿈꾸던 것들

눈물을 흘리면
흘리는 만큼
행복한 거야

울 일도 없는
슬퍼지지도 않는
가엾은 세월

다시 손을 흔들며
만나겠지만
보고 싶었다고
말하겠지만
더는 약속할 것도 없는
각자의 인생

사랑하겠다고
이제 더 사랑하겠다고
다짐하지만
다짐은 사랑이 아니지

잊지 않겠다고
절대 잊을 건 아니라고
서로를 향해 서로가
애원도 많이 해보았다만

사람을 두고 어떻게
희망이라고 말할까

동학사
너를 보내고 홀로 섰다

비는
내리는데
하염없이 내리는데

출구 없음

인생은 잠이고
사랑은 꿈이라고

그녀가 가고 난 뒤
울었던 것 같은데
왜 울었는지는 불명확

이방인이 되는
즐거운 파티에서조차
느끼지 못한
고독에 대한 희망

창 밖에 비 내리는 아침
주섬주섬 챙겨드는
내 초라한 배낭과
텔레비전 뉴스에 쓰인 네 글자

出口なし

선물

생일선물로
작고 예쁜
총 하나를
주문해야겠다
은으로 만들어진
총알도

백 속에 넣고
다니다가
조까는 일 생기면
한 방

그냥 기분이
꿀꿀하면
알게 뭐람
한 방

날씨가 그래서
맘에 안 들 때면
누구든

상관말고
한 방

그렇게
백을 열고
사탕을 꺼내 먹듯
한 방

쏠 수 있도록

그녀에게
선물하고 싶다

바람개비의 들녘

빈 들판에 시절 모르는 노랑나비들이 제 멋대로 몰려와 노는
줄 알고 당신이 깜짝 놀라던 그때는 내가 살짝 당신 꿈 속에
들어갔더랬습니다

나무들이 쏴아아쏴아 흔들리던 저녁무렵 당신이 외로이 숲길
을 걸어갈 때면 나는 당신 곁을 지나가면서 풀잎들의 이름을
하나씩 지어주고는 했습니다

하늘을 흘러가는 구름, 소나기들의 미운 짓, 산과 들을 구비
구비 지나고 강을 건너, 작은 나라 바람개비의 들녘에 우두커
니 서서 누군가를 그리워하는 당신, 서운해 말아요, 나는 내
내 당신과 함께 이 들녘에 서서 같은 꿈을 꾸고 있으니까

서리 내리고 하늘에 별들이 하나도 없던 날 당신은 눈물을
흘렸지만, 울지 말아요, 내가 별이든 달이든 햇살이든 죄다
당신 가슴 속에 모아놓은 거니까

파랑새

이제 와 생각해 보니 나는
파랑새를 본 적이 없구나
그렇더라도
너는 나를 가엾어하지
말아다오
어쩌다 눈을 감고
내 생각을 해서
내가 초라해 보이더라도

때로 바람이 불면
선뜻 내어다 본다만은
파랑새가 어떻게 생겼는지도
모르는 내가
파랑새를 만났을 수나 있었겠니

누군가 내 손을 잡으면
혹은 내 어깨에 누군가가
손을 얹기라도 하면
나는 내가 꿈꾸던 대로 마음껏
그려내지만 욕망이야 눈에

보이지도 않는 것
누군들 채울 수 있겠니

온 세상 새들이 죄다 울어대는
아침 햇빛 속에
문득 날아오르는 저 새를 본들
파랑새인 줄 알기나 하겠니

나는 파랑새의 생김새도 모르면서
파랑새를 보고싶어 하는구나
이렇게 세월은 간다만은
나를 가엾다 하지 말아다오

네가 그 파랑새라고 해도
혹은 아니라고 해도

달맞이 길

내가 죽으면 자기야
재로 만들어서 달맞이 고개에 뿌려줘
매일 매일 달이 뜨면
자기랑 같이 오르내리던 고갯마루에서
매일 매일 자기를 그리워하게
가끔은 자기가 찾아와 주면 좋지
자기가 바다를 거슬러 언덕을 오르면
내가 마중 나갈게
달빛을 스치는 바람으로
자기 코끝이랑 자기 목덜미랑
자기 머리칼 손등에 발목에
자기 걷는 길 스치는 풀잎에
내가 반갑게 입 맞추게
참 신기하지 당신이랑 십 년도 더 살았는데
어떻게 당신이 미웠던 날이 하나도 기억에 없을까

연서

이국 땅에서 당신을 그립니다
생각나는 대로 당신의 눈과
입술과 손가락을 그립니다
머리칼과 코웃음과 숨 쉴 때마다
당신 냄새
사랑이 너무 작은 줄 알아서
사랑이 유희인 줄 알아서
내내 지나쳤는데 흘려보냈는데
사랑은 내가 마시는 이름 모를
술처럼 이국 땅의 외로운 불빛처럼
내 야윈 눈물처럼 눈빛처럼
앙상한 내 가슴에 스며들어
당신에게 서투른 연서를 보내게 합니다
사랑해요 내 마지막 시간에
내가 여전히 당신을 그리워하기를

129

도반

당신 이 말을 아시나 모르겠습니다
나처럼 늙은 남자들이 쓰는 말입니다
도반
함께 길을 가는 사람
인생길을 같이 걸어가 주는 사람
당신이 없을 때마다
생각해 보면 당신이 참 고맙습니다
한 번도 원망하지 않고
한 번도 실망하지 않고
어느 한 시라도 미워하지 않고
날 사랑하고
내 곁에 있어 주는 게
참 고맙습니다
이제 내 나이에 아쉬울 거나
혹은 미련이 있으려구요
당신이 내 곁에 있어서
내 인생에 조금은 의미가 생겼습니다
정말 내가 할 수 있을까요
누구의 여자였다고 세상에 자랑스럽게 말할 수 있도록
살아갈 수 있을까요

정말 당신이 그렇게 좋아하는 내 글들이
끝내 실망하지 않도록 내가 해낼 수 있을까요
어느 것도 가지지 못했지만
당신이 알았으면 좋겠습니다
내가 당신을 바라보면 하고 싶은 말
그 한 마디를 당신이 알았으면 좋겠습니다
당신의 남자라는 게 자랑스럽다는 것

실연

너는 나를 바람이라 했지만
아니다 나는 비바람이다
나는 싱그러운 적 없고
그래서 많이 울었다
꿈이 있더냐
그래서 또 울었다
지나가는 한 때, 세상을 가로지르던
어느 날이라, 하룻밤이라
너는 사랑했지만 나는 비바람이다

소원

그녀가 좋아하는 학자나무였으면 좋겠다
그녀가 좋아하는 수국, 찔레꽃이었으면 좋겠다
김밥이나 오뎅, 월남쌈이었으면 좋겠다
그날 지리산의 무지개
오색 깊은 골짜기 비안개
달맞이길의 나무 둥치
그리고 그녀가 어루만지는 얼후
그런 것이면 참 좋겠다

상처

네가 아팠던 날
네가 눈물 흘리던 날
나는 울지 않았다고 생각 마라

꽃이 필 때에도
나는 거기 있었고
꽃이 질 때에도
나는 거기 머물렀다
비 내리던 날이나
눈보라 속에서
너와 함께 나는 살았으므로

나는 너에게
너는 나에게
커다란 상처가 되었지만

나는 덜 아팠으리라 생각 마라
이제 우리는
길 건너에서 서로를 바라보며

겸연쩍게 손을 흔든다
너만 떠나보낸다 생각 마라

3부

어딘가에는
더 큰
슬픔이 존재할 거야

달리자
더 큰
슬픔이 있는 곳으로

동행

무지개를 보셨다구요
전 산마루에 걸친 비안개를 보았습니다
술을 사주신다구요
술을 사주실 그 시간만큼
절 제가 모르는 곳으로 데려가 주십시오
모르는 사람들과 모르는 길과
낯선 마을과 마을로 가게 해주십시오
그곳에서 손을 잡고
내 생존의 위대함을 맛보게 해주십시오
내 외로움을 알게 해주십시오
돌아오는 길에는 말없이 서로 다른
상념에 젖어서 등을 기댈 수 있도록

날이 개었습니다

날이 개었습니다
어디로 갈까요
햇살이 따가운 길을
혼자 가거나
해 저무는 강가에
홀로 서있을까요
바람부는 언덕에라도
느릿느릿 올라서서
뒤돌아 볼까요
당신이 보이면
손을 흔들까요
비 내리던 밤에는
당신이 참 많이 울던데
당신을 두고
어디로 갈까요

안개

성산 가는 길
북촌리 안개 속에서
잠깐 길을 잃었다
바다는 보이지 않고
아스팔트 위에
번쩍이는 페인트칠들

너를 만났다
안개 속에서 너는
나를 바라보며 웃었다
중앙선을 밟지 마
선택해야 하는 거야

어느 날 네가
내민 손을 내가
혹은 내가 내민 손을
네가
선 너머로 잡는다 해도
안개를 모르면
길을 잃는 거지

안개 속에 빠졌을 때는
길보다 안개를 알아야 해

우리가 가진 시간이나
우리가 모르는 시간을
슬쩍 뛰어넘어
서로 손을 스친 순간
중앙선을 사이에 두고
만날 곳을 정할 틈도 없이
안개 속을 다시 달려간다
안개를 이해할 때까지

길

이제는 가도 좋다
해협에 서서 해가 뜨거나 지는 모습을 보는 것으로
손을 잡고 서거나 혹은 어깨를 안고 선 것으로
바다에 빠져 버려서 깊은 바다에 빠져 버려서
그대보다 더 깊게
가슴 속 그 가슴 속 보다 더
깊은 그곳에 침전되어도 좋겠다

자전거 한 대쯤 구해야겠다
그러면 사막이 있는 어느 쯤으로 가서
사막을 향해 미소처럼 기도를 하고
천천히 그 안으로 들어가
돌아볼 게 없으면 더 바랄 것도 없으니
이제는 어느 언덕쯤에 그만
쉬어도 좋다

고마운 세월이 가면
기억나지 않는 그대로 해서
나로 해서 오래도록 잊혀져서
소문도 들려오지 않을 때쯤에는

문득 모래 바람도 불어오고
발자국도 한 둘은 남았다가 사라지고 난 후

부디 썩어지지 말기를
바람에 흩날리며 한 알 한 알이
서서히 날아가
해골이나 뼈만 언덕에 기대 누워서
지나던 누군가가 돌아보면
우리 누워서 아무 말도 전하지 않으리니
이제는 가도 좋다

친구에게

이보게 부유하지 말게
흩어지는 진눈깨비처럼
바람따라 가는 듯 보여도
어깨를 부비며 걷는 저 사람들
튼튼한 다리로
땅 위를 걷는 중이라네

자네의 그 빛나는 날개
이제 미련없이 떼어내 버리시게
날개만 없으면 바람이 불어와도
비가 내려도 옷깃만 펄럭이며
멋지게 땅 위를 걸을 수 있다네
간혹 눈보라가 몰아쳐와도
두 발을 뿌리처럼 박고 버티는
기막힌 기술도 생긴다네

자네가 날고 있는 바다는
실은 자네는 모르는 먼 바다지
자네가 내려앉는 고깃배는
자네보다 더 빨리 사라져가지

간혹 만나는 저 작은 섬을
대지라고 부르려는가
섬들은 섬들로만 이루어져서
다리를 놓아도 여전히 그저
섬이더구만
가다가 가끔 쉴 수는 있지만
고깃배나 섬에서
자네 정녕 머무를 수 있나
이제 또 봄이 오고 땅은
기다리던 그녀의 엽서마냥
누구나에게 꿈을 주는데

이보게 친구
그래도 가려나

화엄사

화엄사에 가고 싶었다

사대천왕 네 아무리
금강력사 네 아무리
보제루의 저 빗장만 하랴

각황전 대웅전 삼전
네 아무리 저 석축만 하랴

오가는 인생들이
네 팔자나 내 팔자나
옷깃 펄럭이며
다음 해에 또 어느 명년에
다시 볼 것을 약속하던 그 자리
마루장에 누워 풍경 소리 듣던

나도 너처럼 빗장이고 싶다
나도 너처럼 석축이고 싶다

어느 숲에서 그 어느 날 베어진

속진 짙고 잎사귀 푸르르던 장목이라도 되어
물길에 씻기고 천사의 치마자락에 젖었던
너 바위처럼 정에 깎이어

나도
화엄사에 가고 싶었다

154

편지

창을 열면 언제나 바람이 붑니다
해가 뜰 무렵이면 일을 마치고
창을 열어젖힌 채 담배를 피우고
빌딩들을 바라보면서 남대천 강가의
코스모스를 떠올리고는 합니다

먼길을 갈 때는 벗이 없어도 좋습니다

길

언제나 저 길을 걸어다녔다
더 넓어지기 전 더 깊었던 저 길을 나는
가끔씩 고개 돌려 되돌아가야 할 방향을 바라보면서
사진기를 들고 걸어다녔다

멀리 가면
비닐하우스에서 개를 기르는 사람들이 살았다
같이 술을 마시고 커피를 마시고
오토바이에 실려 되돌아오기도 했다

그 사람들은 하나 둘 떠나갔다.
들릴 때마다 도회로 나가거나 죽은 사람들 소식
도로는 커지고 차들이 씽씽 달려서
언제부터인가 나는 혼자 걸을 수가 없었다

어느 날 저 길은 내게 상처가 되었고
내 젊은 날의 사랑도
그 많았던 사연들도 모두
가물가물한 기억 속으로 사라져 버렸다

기억을 외면하는 것이 가슴 아프지만
사라져 버리던 그 사람들처럼
나도 이제 저 길에서 사라져 버렸다

누군가가 들려서 내 소식을 묻는다면
누군가가 남아 있다면
말해 줄 것이다

그 사람은 이제 여기 오지 않아요
오래 전부터 오지 않더군요

그렇게 내 소식을 전하겠지만
나는 이제 저 길 위에 다시 서지 않을 것이다
저 길은 내게 상처가 되었으므로

여름

여름이 지나간다
남대천 강가로 높새바람이 불어간다
나뭇가지들마다 바람이 송글송글 맺히기도 하고
아직은 푸른 벼이삭에도 파도가 일렁인다

손님들도 이제 그만 지나간다

남은 자리에 문득 텅빈 창가만이 남는다
텅빈 창가로 아직은 눈부신 햇살이 비쳐든다
눈이 부신 채로 햇살을 쩍는다

바람아 더 차가워져라
나는 강가에 서서 지나간 날들을 그리워할 터이니

난징루에서

어느 길에나 술집은 있다
허름한 골목이지만 외국인들이 드나들고는 하던
이국의 어느 거리

내 집앞에는 단풍이 물들었다
강 건너 산허리를 하얀 깃의 커다란 새가 휘적휘적 날아간다
저물녘이면 강가의 자갈을 바라보며 시름에 젖는다

그녀가 그리워하던 그는 이제 늙은이가 되어
저 거리의 이름이 생각나지 않는다

남대천 강가로 간다

자갈밭 넓고
강물 얕아서 좋은
남대천 강가로 간다

남대천 물줄기 흐르는 강가에
남대천 바라보이는 곳에
그녀와 나란히 앉아

저녁노을이나
아침 눈부신 해나
뜨고 지는 달을 바라보면서
사는 날까지 살아야지

흐르는 물 위로 별이 쏟아지는 날은
내 사랑하는 친구와
친구의 아내와 친구의 딸과
강가에 앉아 소주를 마시면서
사는 날까지 살아야지

남대천 강가로 간다

섬진강에서

벚꽃이 피기는 피겠지
벌써 피었는지도 모르지
섬진강 가는 길
서울서 내려 온 외손주
달리 줄 게 있나
보리 뻥튀기 한 봉다리에
파란 단감 네 개
아내도 믿지 못할 만큼 먼 길을
똑바로도 아니고
이리저리 기웃대며
갈짓자로 걸어서 가면
섬진강
벚꽃이 활짝 피었더랬는데
지금도 피었을래나
벌써 지고 있을 지도 모르지
조로한 내 길가에

내일의 나는

내일의 나는
지금보다 조금 더 서러울 것이다
흰 머리가 조금 더 늘어날 것이고
얼굴에 인생의 질고가 조금 더 깊게 패일 것이다

친구를 공항에서 떠나보내고
차창에 기대어 스쳐가는 황량한 벌판을 바라보며
문득 내일의 나를 그리워한다

돈 많이 벌어올게

그런 말을 하다니
몇 푼 벌어서 또 술을 마시고
라면을 사고 몸 하나 눕힐 침대를 얻고
가족들한테 남은 돈을 부치고
다시 가방을 싸겠지

내일의 나를 그리워한다

이 모든 것을 끝낸 후에 친구와

조금 더 늘어난 흰머리를 마주보며
더 깊어진 그늘과 주름을 보며
지금보다 조금 더 서러울 것이다

아아 사연은 묻지 말아요

처음 본 친구는 허깨비처럼 웃는다
인생에 어디 사연이랄 거나 있나 그저
내일의 나를 그리워할 뿐

여기 살고 있습니다

눈보라가 새벽부터 몰아치기 시작했습니다.

눈보라로 수평선도 부둣가에 매어진 조각배들도 보이지 않고 있습니다

제설작업같은 건 없으니까 오가는 차도 사람도 없습니다

온 세상을 눈보라가 점령해 버린 듯한 풍경입니다

이상한 일이지요

눈보라가 저리 몰아쳐도 푸른 나무들은 쓰러지지도 않고 이파리가 떨어져 내리지도 않습니다

아마도 땅밑이 아직 따스한가 봅니다

크리스마스 트리들처럼 푸른 나무들 위로 눈이 쌓여갑니다

바다로 나가면 그림같은 별장들이 눈 아래 묻혀가고 있습니다

작은 깃발 하나씩을 눈보라 속에 나부끼는 조각배들이 쓸쓸해 보입니다

볼이 빨갛고 눈이 동그란 책방의 소녀는 항상 말보다 먼저 웃어버립니다

밤마다 과일을 파는 아저씨는 오늘 나서지 못했습니다

커다란 육도를 들고 고기를 성둥성둥 썰어 파는 아저씨도 오늘은 나서지 못했습니다

마음씨 좋아서 고구마를 한 아름씩 거저 주는 아줌마네 야채가게도 오늘은 문을 닫았습니다

텅텅 대는 경운기에 낚시배를 싣고 다니는 아저씨들도 오늘은
보이지 않습니다
눈보라가 몰아치면 이 도시는 조용히 자연에 순응합니다
나는 지금 여기 살고 있습니다

교토에서

청수사 계단을 오르는 우산들 사이로 끼어든다 삼라만상을
깨어나게 하려고 종을 울린다는데 나는 종을 울려 신을 깨
우고 싶다 보아다오 우리가 기도하는 모든 욕망들이 이렇게
남긴 자취를 우리는 정을 들고 돌을 깎던 그 손 위로 오른다
비 내리는데

충렬사에서

충렬사 가는 길
배고파 기웃대는 거리에
비 맞으며 선
희멀건한 당신

당신이나 나나
호객하기는 마찬가지인데
잘 빠진 몸뚱아리나
잘 돌아가는 혀도 없으니
빗속에 그렇게 서 있지 이 양반아

먼 옛날 유대인들은
하루만 타오르라고
놓아 둔 기름등이 여드레를 가더라고
기적이라고 해서
축제날로 삼았다는데

삼백육십오일 중에
하루만 붙이는 연등이
비에 젖어 다 헤지도록

회칠이 벗겨지고
금칠이 벗겨지도록
불붙지 못하는 당신이 참
나 같아서 괜히 반갑네

대뜸 한 번 붙어보지 못하고
세상사 눈치만 보는 나도
재주가 없으니
빗속에 이렇게 서 있지

그래도 당신이 나보다 나은 건
손짓 한 번 않는다는 거야

눈물

돌아보지 마
걸어 온 길을
어디쯤에선가
잘못 걸었겠지만
억울하기도
하겠지만
아무렴 어떠니
여기까지 온 게
자랑스럽지는 않니

눈물 한 방울
한 방울이
보석처럼 모여서
찾아보면
네 안 어딘가에
빼곡히 쌓여 있을 거야

이제 다시 해 보자
네게 있는 빛나는 보석을
하나씩 꺼내서

세상에 던져 줘 보는 거야

가지렴 가엾은 사람아
언제나 나보다 가엾은 사람아

더러는 참
아깝기도 하지
때로는 보석이
모자라기도 하지

아무려면 어떠니
되돌려 받지 않기로 했는데
살아가면서
너를 네게 줄 수는 없잖니

친구야
다시는 술 마시고 울지 마

유혹

떠나고 싶다
아아 저 흙바람 부는 황야에
서 있고 싶다
빈 수통 하나를 움켜쥐고
물을 찾아 방황하는 피폐한 몰골의
내가 되고 싶다

마르고 갈라진 입술을 가지고 싶다
앙상한 뼈와 상처난 가죽을 가지고 싶다
들뜨고 피 흐르는 이빨 사이로
모래 섞인 침을 내뱉으며
뱀같은 눈알과 야수같은 발톱을 세우고
슬프게 황야를 헤매이는
내가 되고 싶다

(지독하구나 내 나약한 혈관에서 질러대는
한심한 비명과 달콤한 혓바닥이 주는 구취)

아아 너무 지독해
이제 그만 떠나도 좋은데

남도에서

남도에서 나를 보면
비바람 몹시 불던 그 날에 나를 보면
반겨다오 사람들아
누가 이 바다에서
사랑을 꿈꾸는지 내게
말해다오 사람들아

저 남도 바다가
인심 좋은 바다가
섬을 낳고 어망을 낳고 통통배를 낳고
그래도 모자라
산을 들을 비바람에 실어
횟집 민박집 골목으로 불어닥친다

놀래미 잠든
수족관 위 형광등 위
쓸쓸한 네온사인 위
그 위로 빗줄기

빗속에서 내가 운다

간혹 고깃배가 흔들린다
아무도 이해 못할 푸른 저 깃발이
비에 젖어 흔들린다 나처럼

전해다오 사람들아
남도 이 많은 섬들 중에
이 많은 사람들 중에
나 혼자 외롭다는 것을

인사동에서

꽃잎이 비바람에
훌훌 떨어져 내리는 길을
같이 걸으니 좋지요
지느니 보다
꽃잎이야
떨어져 흩어지는게 더 좋을지도

상처가 나면
아파서 어쩔 줄 모르지만
가끔은 내 상처로 인해
그대를 할퀴게도 되지만
할퀴기보다는
기대고도 싶지만
내가 내게 안타까워라

살아가면 갈수록
안타까운 일들
잘 살겠다고 다짐해야지
행복해지겠다고
하늘에 맹세라도 할까

내리는 빗속에
무어 그리 아쉬울지라도
초라하면 초라한 대로
같이 어슬렁대는 게 좋지요

가끔은
내 손에 내가 부러질지라도
그대 손에 그대가
부러질지라도

살다가

살다가
저 야경이 슬프거나
한 그루 나무가 외롭거나
세상이 서러울 때
눈물이 날 때

기억해 줘요

내가 당신과 함께
이 세상을 살고 있다는 것을
당신의 손을 잡고
행복해하는
당신의 사진을 만지며
그리워하는
내가 이 세상 어딘가에 있다는 것을

붉은 달을 보았다

떠오르는 붉은 달을 보았다
어쩌면 그 것은 꺼져버린 태양인지도 모른다

(구토)

뼈마디마다 몽글몽글 솟아오르는 고름덩어리
마침내 나는 썩어버렸다
썩어도 속만 썩어서 아직은 충분히 욕망을 일으킨다
욕망은 피부에서 일어난다 언제나
믿어다오 무엇을 말하든
내가 말한다면 죄다 거짓말이다 지금도
단내나는 진물을 긴 혀로 핥아먹던 내가
또 다른 설탕덩어리를 발견하고 손끝을 떨며
기어가 냉큼 잡아채는 구부러진 손톱
돌아보지 않아도 알 수 있는 건
내게서 풍겨나오는 부패한 냄새 때문이다
내가 나와 주고 받는 모멸과 저주
다시 시작하지 못할 것을 알지만
내게는 또 욕망이 인다 어쩌냐
돌아가고 싶다 황야로

흙바람 부는 황야로 돌아가고 싶다
깡마른 팔과 다리로 걷고 또 걸어서
언젠가는 만날 너를 향해 휘적휘적 가고 싶다
그런데 이제 녹아 없어져 버렸구나 혀는 놔두고
사랑한다 사랑한다 사랑한다
너무나 오래 사랑만 한다

(아 내게 아직 동공이 남았던가)

나

약간의 화학작용과
약간의 전기작용이
나를 이끌어 간다

아침에 거울을 보면 초라해지고
술을 마시고 잠자리에 들면 서러워진다

점점 더 메말라서
이제는 물기 하나 남지 않은
내 가슴 속을
쓰다듬는다

괜찮아
이제 거의 다 왔잖아

아버지

해가 너무 눈부시구나
오늘은 날이 너무 눈부셔

해는 항상 눈부신데
당신은 어느날
선그라스를 샀다

백합 뿌리를 먹기도 하니
글쎄요 당신은
뿌리를 달여서 하루 두 번씩
그 물을 삼키면서

살아남는 게 얼마나 좋은데
어쨌거나 우리가 살아남는 건

눈부시지 않은
달빛이 스며드는 침대에
당신이 그렇게 품고 간 가슴에
아무것도 없던

그날

해는 언제나 눈부신데
해는 변함없이

포구에서

아핫, 눈 내리는 바다를 잊어버렸다
그날 내가 본 바다는 이제 떠나고 없으니
소주 한 잔과 회 한 점으로 아쉬움을 달랜다

누님, 이쯤에 사진 하나 남겨둡시다
시간이 흐르면 누나도 나도 떠날 터이니

겨울

화목난로를 끼고 앉아서
싸구려 소설을 쓰다가
문득 이제는 사라질 단풍을 구경하러
계곡으로 나선다
난로가 사람보다 따뜻하면 안 되는데
서푼짜리 인생은 구질맞기도 하다
난로가 사람보다 따뜻하면
안 되는데
화목 몇개로 또 겨울을 나야겠다
사람으로 가슴을 달구어야 하는데
사람으로 겨울을 이겨야 하는데

돌산에서

너를 보고 남도에 선다
밤 바다에 비 내리고 나는
오른다 서글픈 저 언덕 위로

바람이 이렇게 차가운 걸
빗물이 이렇게 시린 걸
지금에야 안 것마냥 나는 가엾다

서글퍼 말아야지
언제나 나는 말라 비틀어진 발목으로
휘휘 세상을 걸었는데

새삼 이 언덕에 서서
지난 날을 곱씹어
돌아가는 길을 그리워할까

너를 보고 남도에 선다
밤 바다에 비 내리고 나는
오른다 서글픈 저 언덕 위로

푸른 미나리

오월은 언제나 그렇게 지나간다
산뜻한 바람과 푸른 미나리
산 너머 안개, 땅 밑을 흐르는 물결
보슬비, 붉은 장미, 흐드러진 엉겅퀴
칡넝쿨, 노란색 날개를 가진 새
죽은 어미의 젖을 먹고 자란 늑대
힘이 생기고 힘줄이 돋고
뼈가 굵어진 아이와 함께
동그란 액자 속 예쁜 네 열아홉 시절
발을 구르고 노래 부르던
얼음장 위로 쩡쩡 얼던 땅 위로
상처는 상처대로
입 안 가득 머금었던 짜디짠 피 그대로
다시 온다는 약속
같이 가기로 한 약속
산뜻한 바람과 푸른 미나리
오월은 언제나 그렇게 지나간다

바다로 간다

어느 날 네가 내게 보내준
한 장의 엽서에서 보았던
먼 이국 땅의 눈 내리는 풍경과

내 고향 갈대숲에서
날아오르던 철새가 알려준
머나먼 수평선 너머로

끝없이 흐르던 저 강물 위로
산등성이 너머로 바다 건너로
백두에서 한라까지 모두 내 것이던
그 시절을 그리워하며

바다로 간다

하늘과 하늘이 서로 만나던 시절로
별과 별이 서로를 부르던 시절로
나는 간다 바다로 간다

혹시 내가 가는 길에

내가 가는 세월에
비바람이 몰아치고 눈이 내리기를
뜨거운 햇살과 거센 파도가 일어나기를
그리하여 우리가 만나기를
너를 위해 내가 눈물 흘리기를
기도하며 간다

바다로 간다

4부

냉동실의 까마귀

냉동실의 까마귀

영등포 뒷골목의 얼룩진 유리창에 기대 앉아 소주병을 딸 때
네가 내 가슴을 치며 울 때
나는 창밖의 어둠 속에서 어린 뱀장어의 꼬리 치는 소리를 듣
고 있을 때
큼지막한 냉동실은 문을 닫았다

빗물이 여인숙 간판을 타고 흘러내리던 밤
황색증으로 창 너머 네온싸인들이 온통 노오란 알전구로만 보
이던
네가 내 어깨에 기대어 술주정으로 불쌍해지기 시작한
나는 이제 막 어미 젖을 빠는 늑대의 킁킁 대는 콧소리를 들
었던
그때에도 냉동실은 문을 닫았다

어느 때는 말발굽 소리가 들려오기도 했다
불어오는 바람이 환각에 불과한 것을 눈치 챘던
다시 봄이 오고 여름이 지나가고 철새들이 하늘을 날아올랐
을 것만 같은
그 시간에도 너는 울고 있었고
나는 맨발로 수많은 벼이삭을 밟으며 걷는 꿈속에 머물렀지만

냉동실은 견고한 작동을 멈춘 적이 없다

여기서 너와 함께 살기로 한다
냉동실의 문은 결국 열리지 않을테지만
성에로 버석댄다고 해서 나의 검은 깃털이 낙엽이 된 것은 아
니다
그러므로 칠 벗겨진 너의 손톱 끝에 나의 남은 호흡으로 따스
한 입김을 불어넣는다
서러움도 슬픔도 얼어붙어버린 거대한 밤의 도시
나는 이제 날개를 펼치고 너를 받아들인다

나는 백조보다 까마귀가 좋았어 이른 아침 베란다 아래로 흐르는 운하를 보았어 거기 물안개를 헤치고 지나가는 백조가 백조든 오리든 다른게 없었어 백조의 호수가 왜 유명한 지 난 모르겠던데 그러나 이른 새벽 해뜨기 전 그 파란 도시를 걸을 때 까마귀 한 마리가 날아 올랐어 안녕 이 친구야 어젯밤은 좀 시끄러웠을 거야 인간들이 노래하고 춤 추고 축제를 열었었지 쿠바에서 왔다나 봐 싱싱한 애들 말이야 소리들 트럼펫 소리 드럼 소리 봉고 소리 키타 소리 섹스폰이 약해서 별로였지만 다들 신이 나서 춤을 추었지 맘보를 추었어 이봐 까마귀들도 노래를 듣나 춤을 추는지 궁금해 까마귀는 멋있어 눈이 마주치면 내 영혼을 파먹는 것 같아서 멋있어 아아 그래 쓰레기나 내 영혼이나 너덜대기는 마찬가지니까 냄새도 적당하고 상한 정도도 알맞아 언젠가는 네가 날 먹어 치우기를 바라는 마음이야 이왕 먹을 거면 남김 없이 먹어 네 위장에 들어가서 네 피가 되어서 네 날개가 되어서 날아 오르는 거야 함께

발에 물집이 잡혔는데 여기 남쪽은 해가 뜨거워서야 난 국경이라는 걸 모르겠어 국경은 산 위에 들판에 해안에 있어야 하는데 우리는 항상 공항에 나가서 줄을 서지 난 공항 외에는 국경을 모르겠어 언젠가 말라카 해협에서 터번을 두른 노인네가 내게 여권을 보자고 했어 통나무들이 둥둥 떠다니는 바닷가였는데 거긴 작은 배가 안으로 깊숙히 들어가거든 아아 여기는 아냐 여기는 기차가 달려 하루종일 기차를 탔어

208

역전에 앉아 담배를 피우다가 그녀를 생각했어 그리워했어 그
리워했지만 그녀와 나는 다른 길을 걷는 중이야 자 인생은
함께 간다는 말이 없습니다 우리 다같이 언제나 안녕히라고
인사할 준비들 하시기를 해가 질 때쯤에야 바람이 불어왔어
그녀에게 전화를 했지 통화중 통화중 괜찮아 익숙하기 보다
그리운 게 조금 더 나은 듯 한 느낌이야 오래 생각하게 되거
든 멋진 엉덩이의 여자 간판 영화를 하나 샀어 포르노 영화
야 멋지군 변태들 내가 아는 인간은 정말 딱 두 종류야 변태
아니면 바보 이 것 저 것 선물을 샀어 관광지에서 파는 싸구
려들이지만 마음에 들었으면 좋겠는데 아스팔트 끝에 바다가
있었어 사진을 찍고 난간에 앉아서 담배를 피웠어 요트들이
너무 작았어 너무 작으면 바다를 건널 수 없어 가장 느리지
만 가장 멀리 가는 게 요트야 태풍이 오면 피하지 않고 부딪
쳐야 하는 게 요트야 항해할 수 없는 건 배가 아니야 배는 사
치품이 아니야 물놀이 기구가 아니야 아아 그래 내 생각 내
멍청한 생각 내 편협한 관념 거기 존재하는 건 너무 가벼워
난 원래 가벼워

포르노를 여섯 개나 봤어 성욕이 전혀 일어나지 않아 난 여
자로 태어났어야 했나 봐 머리 속에 성감대가 있거든 여자들
처럼 말이야 아는 여자가 하나도 없으니까 성욕이 일어날 리
가 없어 그냥 보았을 뿐이야 호텔 풀장에서 물장구치면서 가
족들 비위를 맞추기 싫으니까 멍청히 누워서 볼 뿐이지 시시
해 저런 건 찍으면 안 돼 무언가 우리는 못하는 걸 해 봐 우
리는 하지 못하는 것 나는 하지 못하는 것 그녀는 하지 못하

209

는 것 밤이 오면 다시 바다에 가야겠어 해수욕장 말고 바다 말이야

길을 잃었어 아아 정말 근사했어 산 속에 덩그라니 놓여진 거야 그냥 꺼꾸로 한 번 걸어 보았는데 산이 가로막혀 있었어 뱀 한 마리가 죽어 있더군 다들 날 원망했지만 말이야 해는 뜨겁고 길이 없어서 아스팔트를 걸었지만 말이야 근사한 느낌 길을 잃는다는 건 정말 흥분할 만한 일이야 산속의 터널을 걸으면서 터널 반대편에서는 무언가 더 근사한 곳이 나타날 것만 같은 기대감 우리가 어느 만큼 다녔던 걸까 온천은 정말 재미없었어 화가 나서 호텔에 테러단이라도 진입했으면 할 정도였는데 여긴 근사하네 시골 농가 수확한 것들이 여기저기 자루로 묶여 있어 농사지을 때 쓰는 도구들 그리고 짖어대는 멋지게 생긴 놈 하나 그렇게 걷다가 버스를 만났어 손을 흔들고 버스에 타고 버스가 흔드는 대로 가다가 유원지에 내렸어 웃기는군 종이로 만든 세상 같아서 우두커니 보다가 책방에 들어갔더니 쇼오세츠겐다이 팔월호에 멋진 사진이 나왔더군 마에카와 아사코 서른 여섯의 그녀가 멋지게 담배를 피우고 앉아 있는 사진 이 여자 정말 소설 잘 써 관능적으로 말이야 나도 담배를 피웠어 그늘에 앉아서 스탬프 찍으러 열심히 유원지마다 들락대는 가족들을 기다리며 그녀 사진을 들여다 보았어 기대감 희망 언젠가는 그녀도 그렇게 되기를 바라거든 해가 지는 풍경

라면집에 앉아서 집에 돌아가고 싶어했어 이상한 느낌이야 항상 집에 돌아가는 길은 외로워 외로워져 외로워져서 잠이 와

심드렁해지는 마음 돌아가는 길 돌아가야 하는 길 다시 시작
하자 마감이 무서운 건 아니지만 마감까지 자판을 두들기며
나와 싸우고 싶어 내가 한 말 기억해? 글쟁이는 칼잡이라는
거 글쟁이는 내가 나한테 칼을 겨누고 선 채 인생을 사는 재
미가 있다는 거 내겐 내가 칼이야 나를 겨누는 칼이야 나를
겨누지만 내가 표적은 아니야 그저 칼 끝일 뿐이야 플랫폼
기차를 기다리는 사람들 속에서 다시 가방을 열고 표지를 보
았어 기차가 들어서는 모습 모두가 일어나 기차 앞에 서는 모
습 기차가 우리를 다시 실어다 주기를 바라며 큐슈에서

---

*

오랜만에 돌아 온 집에는 장미가 꽃잎을 흐뜨리며 지고 있었
다. 고양이는 새끼 네 마리를 낳았고, 새로 강아지 한 마리가
생겨서 꼬리를 흔들어댄다. 그녀는 집단장에 여념이 없다. 내
리는 빗속에 커텐 다는 장사가 오고, 가구점 배달원이 오고,
그럴 듯한 책장으로 서재가 꾸며지는 동안, 나는 줄곧 침대
에 누워 뒹군다. '제임스 미치너'의 소설 '소설' 그리고 '랄프
파인즈'가 나오는 영화 '불멸의 정원사' 식사 손님들이 여기
저기서 오기 시작한다. 젊은 글쟁이 부부, 애니메이션 만드는
친구들, 명절이라고 오는 형님 누님들. 그녀는 내 곁에 누워
말한다. "더 바랄 게 없어요." 나는 그냥 웃는다. 언제나 나를
기다려주는 그녀가 고맙다. 나도 행복하다고 말해주고 싶다.
그러나 못내 미안하다. 여자는 그저 남자를 잘 만나야 한다.

211

하고 많은 남자 중에 하필 나같은 떠돌이를 만날 건 무어냐?
담배를 피워 물고 새로 읽을 책을 찾다가 문득 그녀에게 말한
다. "아미산에 가고 싶어. 근사한 사진을 보았거든."

*

어느 날, 술 취한 술집 여자의 주정을 들었다. 아빠는 알콜중
독이었거든요. 고향에 갔는데 엄마가 아빠 술 못 드시게 하느
라 돈을 한 푼도 안 주신다는 거예요. 저한테도 절대 주지 말
라고 하더군요. 엄마는 정말 야무진 여자죠. 아빠는 정말 술
을 끊으셔야만 했어요. 알코올중독이니까. 엄마를 만나고 살
림 기분나게 사주고 서울로 올라오는데, 버스 정류장에 가니
아빠가 거기서 나를 기다리고 있었어요. 이천 원만 달라는 거
예요. 소주 두 병만 마시자고요. 매몰차게 거절했죠. 사정하고
매달리는데도 거절했어요. 냉정해야 한다고 생각했어요. 버스
가 오길래 올라 타려는데 아빠가 옷자락을 잡대요. 뿌리쳤죠.
뿌리치고 버스 타고 올라와버렸어요. 스스로 잘했다고 생각하
면서 올라왔어요. 그리고 딱 일주일 후에 엄마가 전화를 했더
군요. 아빠 돌아가셨다구요. 살다보면 말이죠. 돌이킬 수 없는
일들도 있잖아요. 그깟 이천 원 드렸어야 하는 건데. 알코올
중독이면 어때요? 그냥 못이기는 체 한 이만 원 드릴 것을. 왜
안 주었냐구요? 하하하. 잘난 체 하느라 안 주었어요. 똑똑한
체 하느라. 같이 술취한 척 하하. 웃었다. 빌어먹을.

212

올해도 또 여기 혼자 오고 말았습니다. 호텔방에 앉아 우두 커니 창밖의 천수각을 바라보며 술을 마셨습니다. 길 건너 오 사카성은 봄이면 해자를 둘러싼 벚나무들에서 하얗게 벚꽃 잎들이 날리고는 했는데 오늘는 가을날입니다. 벚나무들을 찾아보려고 했지만 나는 벚꽃이 진 뒤의 벚나무들을 찾아내 지 못합니다. 내게 있어서는 뭐든 그럴까요. 벚나무들만이 아 니라 무엇이든 화려한 순간이 지나고 나면 흔적조차 잊고 마 는 걸까요. 냉장고의 술이 다 떨어지도록 마셔도 술은 취하 지 않고 외로워서 숨도 쉬기 힘들어질 정도가 되고나서야 호 텔을 나섰습니다. 늦은 밤인데도 호텔 앞은 연회에 참석했던 사람들의 즐거운 얼굴들로 가득하더군요. 검은 양복의 사람 들. 화려한 기모노의 사람들. 저 사람들은 저대로 행복할까 요. 비 내리는 난파로 나갔습니다. 크리스마스가 다가오고 있 었습니다. 연말이라는 말이 내게는 참 서글픈 말인데 많은 사 람들은 그렇지 않은 모양입니다. 사람의 물결이 어딘가를 향 해 천천히 흘러나가고 있었습니다. 나도 사람들 속으로 끼어 듭니다. 사람들 속에 섞여서 마냥 걸어갑니다. 사람들이 많아 집니다. 많아진 사람들이 나를 외롭지 않게 해줍니다. 언젠가 는 길이 끝나고 뿔뿔이 흩어져 가겠지만. 그런 건 괜찮습니 다. 어디 끝내 같이 가는 동반자가 하나라도 있을라구요. 비 가 내리기 시작하는 거리에 서서 어항 속의 금붕어를 발견했 습니다. 저 금붕어는 저대로 행복할까요. 문득 빗속의 내가 커다란 어항 속에 갇힌 금붕어처럼 느껴졌습니다. 비에 젖은

214

네온싸인들과 검은 하늘과 비에 젖어 번들거리는 길과 길들. 그 속에서 나는 잠시 방향을 잃습니다. 이 어항 어느 쯤엔가는 당신에게로 가는 통로가 있을 법도 한데 내 눈에는 보이지 않습니다. 나는 천천히 사람들 속에서 비가 이끄는 어둡고 좁은 길로 벗어납니다. 길은 끝이 없고 비도 끝없이 내려 나는 멈출 수 없습니다. 비 내리는 어두운 거리를 끝없이 걸어 갑니다. 천수각에 불이 꺼지면 모든 축제가 끝납니다. 도시는 붉은 빛의 작은 점멸등만으로 남습니다. 어두운 창밖이 싫어 불을 꺼버리고 모로 드러눕습니다. 언젠가는 꼭 함께 오자고 했었는데. 당신은 여기 이렇게 웅크리고 누운 나를 모를 거라고 생각하니 인생이 참 서럽습니다. 여기 오래 머물기는 싫습니다. 어디든 약속하지 않은 곳으로 가야 할까봅니다. 창밖의 비를 바라보며 아침을 먹습니다. 말해두지 않았더니 외국인이라고 해서 영어로 된 신문을 주었더군요. 의미도 잘 모르는 사진과 글자들을 흘끗대면서 아침을 먹습니다. 교토로 갈겁니다. 쿄토에는 이제 아무도 아는 사람이 없지만 기온 거리에서 밀떡을 사서 먹으며 걷던 젊은 날. 그 즐거웠던 시절. 그리운 당신을 생각하며 걸으렵니다. 길은 언제나 외로운 때의 내게 위안이 됩니다. 어딘가로 간다는 것은 어딘가에서 만날 미지의 당신을 향해 가는 것과 같으니까요. 비를 맞으며 신칸센에 올랐습니다. 미안합니다. 이번에도 또 약속을 어기고 말았군요. 다음에는 꼭 당신과 함께 저 벚나무 가득한 다리 위를 걷기로 약속하겠습니다. 건강하세요. 우연히라도 다시 만날 때까지.

---------------------------------- * ----------------------------------

난 늙어가고 있어

넌 행복하니?

---------------------------------- * ----------------------------------

어쩌면 이제는 좀 잊혀질 지도 모르겠습니다. 막차를 타려고
서울역에 서 있던 때 말입니다. 젊은 아버지들이 자기 인생보
다 더 무거운 가방을 어깨에 메고 줄줄이 계단을 내려가 열
차를 타던 그 밤에 나도 열차를 탔더랬습니다. 밤새 달리면
서 창 밖을 보았지요. 끝없이 흐르는 강가나 어두운 산 속 저
깊은 곳에서 외롭게 반짝이는 불빛들이 내게 말했습니다. 괜
찮아. 괜찮을 거야. 어두운 창가에 머리를 기대고 당신을 생
각했습니다. 너무 보고싶어서 잠들어 본 적도 없습니다. 내
인생의 정점에 다다른 것만 같았습니다. 남은 내 인생이 얼
마든지 더 있다고 해도 말입니다. 담배를 물고 새벽길을 걸었
죠. 당신한테 가는 길이 얼마나 싱그러웠는지 모릅니다. 어디
선가 들려오는 기상 나팔소리. 동이 트기 전 물안개와 함께
서서히 일어나는 새파란 여명. 나는 천천히 그 빛 속으로 걸
어갑니다. 회칠한 흰 건물과 당신이 누워 있던 병동. 줄무늬
시트만 보면 지금도 낯설지가 않습니다. 당신 참 예뻤어요. 환
자복을 입고도 어쩌면 그렇게 예쁜지. 병실 밖 햇살이 좋은
때까지 우린 마주 앉아 있었습니다. 기억하실지 모르겠습니
다. 당신 소리 안 내고 끝도 없이 울 수 있지요. 나도 처음으

218

로 속이 다 후련하게 실컷 울어봤지요. 내 지나간 인생을 전부 다 생각하고 또 생각하면서요. 언제 다시 그 날이 내게 오겠습니까. 이제 이 한 권을 보내면서 당신께 미안하다고 전합니다. 이 세상을 살면서 너무 많은 것을 원했나 봅니다. 그래서 뭐든 다 하려고 했나 봅니다. 이제와서 이 세상에 내 것이 없다는 걸 깨닫고 돌아보니 당신을 떠나보낸 후 그 많은 시간 내내 나는 모든 것을 다 가지지도 못하고 사랑마져도 가지지 못했더군요. 사랑했었다는 것, 미안해요.

---

*

재즈에 이런 게 있어. 서로의 음악을 이해하는 게 아니라, 서로의 애드립을 이해하는 게 아니라, 서로의 인생을 이해하고, 서로의 사랑을 이해하면, 우린 함께 연주할 수 있다고. 오스카 벤튼을 구했어. 그 날도 오늘처럼 비가 내렸는데. 대전의 어느 백화점 지하에서, 오래된 테이프로 한 장을 구했어. 젠장 행복하군. 이따위가 말이야.

---

*

저 섬처럼 사람은 외로운 거야 외로움과 외로움이 만나서 이렇게 외로움을 잊는 거야

루라카미 류의 책 하나 일본에서 사왔다가 잊고 있던 「토파
즈」 영화로 본 장면 중에 젊은 콜걸이 고층 호텔 창에 젖가
슴을 밀착시키고 남자한테 학대를 받으면서 손가락에 끼워
진 토파즈를 보는 거야 방금 산 반지거든 몸을 팔아서 반지
를 산거야 박수 잘했어 잘했어 넌 너무 용감하고 넌 너무 소
중한 걸 알아 오사카 신사이바시 역 앞 길게 늘어선 쇼핑가
는 지붕이 얹어져 있어서 비도 안 맞고 바람도 안 불어 문
을 닫은 후엔 노숙자들이 가득해 그 가운데 노숙자들 틈틈
이 어린 애들이 앉아서 그림을 팔고 사진을 팔고 노래를 팔
아 한 소녀는 정말 물감과 옷이 엉겨서 자세히 보아야 얼굴이
보였어 그 아이는 거기 앉아서 열심히 엽서를 그리고 또 그리
고 있었어 한 장에 백 엔 사가는 사람마다 사인을 해주는 거
야 백 엔에 자기를 팔 줄 알아 그 애는 길거리에서 기타를 들
고 혹은 하모니카를 들고 지나는 행인들을 잡고 노래방을 해
서 또 백 엔 자동카메라로 사진을 찍는 소녀는 내가 왜 자동
으로 찍냐고 물었더니 바보처럼 얽매이기 싫어서래 빛을 따
지고 수치를 따지는 아저씨 카메라가 바보 같아요 눈에 보이
는 걸 그냥 찍어서 팔겠대 사가는 사람마다 잡고 자기 전시회
를 선전하는데 전시회장이 아니라 우에노 공원 연못 옆에서
하는 거더군 거긴 공짜야 시설료가 없지 널 팔 줄도 알고 선
전할 줄도 아는구나 나는 나를 백 원에 팔을까 팔 줄은 아는
걸까 토파즈가 갖고 싶을 때 나를 팔아서 토파즈 반지를 끼
고 팔린 자기를 보지 않고 토파즈를 들여다보던 미호 그 여

배우의 눈동자에 비치던 작고 흰 빛이 자꾸 생각나 내 눈동자에도 언제쯤은 저 빛이 생길까

———————————— * ————————————

한 여름 시골집 툇마루에서 맞이한 한바탕 쏟아지는 소낙비. 한 겨울 거리를 걸을 때 얼굴을 때리는 눈발. 문을 열고 나설 때 가슴으로 밀려 들어오는 서늘한 바람. 해뜨기 전 파란색 도시의 풍경. 해지기 전 새파란 도시에 떠오르는 네온 불빛. 이른 아침 새벽밥을 하기 위해 일어나 서성이는 아낙네의 그림자. 시골 길을 걷다가 마을 시골집에서 연기와 함께 스미는 밥짓는 냄새. 햇볕 좋은 날 가로수 사이로 보이는 손을 잡고 걸어가는 연인들 모습. 누군가를 만나러 들어섰을 때 커피 끓이는 향 짙은 카페의 창가. 여행하기 위해서 어깨에 가방을 메고 들어서는 공항 청사. 길거리 카페에서 파는 아이스 카푸치노. 파전에 먹는 막걸리. 뜨거워서 혀를 델 것만 같은 청주. 오래된 칼바도스. 히비키와 야마자키. 중간 크기의 코히바. 소프트 팩으로 된 럭키스트라이크. 버터를 너무하다 싶을 정도로 듬뿍 얹은 핫케익. 약간 식은 핫초코와 함께 티스푼으로 퍼먹는 버터케이크. 며칠 기른 긴 수염을 밀고 나서 바르는 애프터쉐이브. 외출했을 때 문득 나에게서 풍기는 다비도프 쿨워터 향기. 이국의 호텔에서 천천히 밖을 내다보며 먹는 게으른 아침 식사. 시끄럽고 번잡한 호텔 바의 삼류 가수들 노래. 발라드를 들으면서 읽는 아주 긴 장편 소설. 지

222

루하도록 느린 시퀀스의 유럽풍 영화. 뚜르드몽드와 보그. 아사히 카메라와 맥스. 꼿꼿히 서서 아주 천천히 미끄러져 내려가며 타는 스노우보드. 내 멋대로 평하며 구경하는 미술관 전시회. 미술관에서 사온 화가들의 그림책들. 가끔씩 아무 생각없이 들어가 앉아 있는 명동성당. 한강이 내려다 보이는 카페 테라스. 기차로 먼 길을 가며 식당칸에 앉아 즐기는 도시락과 맥주. 벚꽃이 활짝 피는 계절의 구례 화엄사. 록폰기의 온갖 나라 사람들이 모여서 즐기는 페티쉬빠들. 이태원 거리의 호객꾼들과 엉성한 가게들. 인사동 거리의 갖가지 어설픈 예술가들. 외국 댄스 파브의 이국적인 스트리퍼들의 춤. 스웨덴이나 일본에서 만든 고급 포르노 영화들. 석고로 만든 프랑스의 화려하고 작은 가면들. 관광지에서 파는 갖가지 주석 접시들. 크리스털로 만든 레터오프너나 오릭스로 도금한 라이터. 일본에서 모아온 싸구려 도자기 화병들. 외국이나 아주 먼 곳에 가서 친구와 만나기로 하는 약속. 한 손에 들면 묵직한 에프엠 투 카메라. 콘솔에 늘어놓은 가족들 사진과 그녀 사진.

---------------------- * ----------------------

부에나 비스타 소셜 크럽을 보고 있어. 빔 벤더스의 명작. 젊을 때 그의 영화를 봤어. 파리텍사스. 거의 넋을 잃고 보았지. 그 남자의 인생에 울리는 기타소리. 그리고 아주 오랜 시간이 흐른 후에 다시 베를린 천사의 시를 보았어. 오늘 부에

나비스타 소셜 크럽을 보면서 보는건지 듣는 건지 잘 모르겠지만 당신이 옆에 있었으면 했어. 죽이는 오디오는 필요없어. 그치? 덜덜대는 레코더나 카세트로 들어도 돼. 쿠바는 묘한 멋이 있나봐. 언제 한 번 꼭 가봐야지. 비자가 나올까? 나오면 좋은데. 창가에 앉아서 싸구려 버번을 한 잔 따라놓고 낡은 책을 들고 꾸벅꾸벅 조는 거야. 손가락으로 탁자에 피아노를 치면서 혹은 그냥 이마를 만지면서. 내 어깨를 빌려주겠어. 음. 쿠바에 간 듯 하군. 쿠바가 어디쯤이냐고 물으면 안 돼. 난 쿠반시가를 피우고 라틴 재즈를 듣지만, 하바나가 쿠바의 도시라는 것밖에는 몰라. 근데 하바나야? 아바나야?

----------------- * -----------------

바다에 간다. 네게 남은 별들

----------------- * -----------------

사랑한다고 믿은 적 없다. 겨울 찬바람을 제격이라고 널 포기할까. 아무리 세상이 징그러워도 사는 게 갈 수록 사무쳐도 눈 감을까. 눈 감을까. 오늘도 물에 젖은 누더기를 걸치고 파도 치는 바닷가 모래밭에 서면 수평선을 넘나드는 너. 아름다움에 발이 시리다.

＊

영화 휴먼스 테일에서 배우 안소니 홉킨스는 이렇게 말한다. "첫사랑도 아니고 가슴 떨리는 로맨스도 아니지만, 내 마지막 사랑이니 존중해줄 수 없겠나?" 그는 영화 속에서 정말 마지막 사랑을 한다. 나도 그럴 수 있을까? 누구나 그러기를 바라듯이 나도 그러기를 바란다. 그런데, 사랑인지 욕심인지 구분이 안 가. 너무 힘들면 돌아서는 것은 아닐까? 역시 누구나처럼 말이야.

＊

언젠가 비오는 산속에서 밤을 맞이한 적이 있다. 비가 쏟아지기 시작하자 산속은 완전한 어둠 자체가 되었다. 그 곳에서 나를 인도해 준 것은 계곡의 하얗게 빛나는 돌들이었다. 중국에나 존재한다는 찬석이 아니라, 그저 움직이지 않는 돌덩어리들이 스스로 빛을 발했다. 움직이지 않는 것은 빛이 난다는 것을 그때 알았다. 머무는 곳이 어느 곳이든 홀로 머물러서 안으로 안으로 깊어져 가는 시간 동안을 서리와 이슬에 젖어들고, 바람이 불고 비가 내리고, 낮과 밤이 바뀌고 계절이 바뀌는 동안을, 홀로 깊어져서, 자꾸만 깊어져서, 단단하고 강해지면 그때 빛이 나는 것. 깊어지고 싶다. 내 사유의 힘이 내 안에 온전히 머물기를 바란다. 강하고 강하게 내 안에 침전되기를 바란다. 쌓이고 쌓여서 굳어지기를 바란다. 어리석음은 어리석음대로 쌓이고, 신실함은 신실함대로 쌓이기

를 바란다. 문 밖 출입을 하지 않은 지 얼마나 되었는 지 기
억할 수 없을 정도가 되었다. 읽고 쓰고 듣고 보기를 반복한
다. 입을 닫은 채 반복한다. 무언가 내 안에서 나를 다잡아
주기를 기대하고 있다. 내 영혼이 가난해지기를 고대한다. 내
안이 건조해짐을 느낀다. 움직이지 않으면 썩는다고 하지만
틀린 말이다. 움직이지 않으면 굳어진다. 굳어진 모습은 밖에
서 보기에 안쓰러울 뿐, 내 안은 온갖 자유로 가득차기 시작
한다. 자유가 세상 어디에 있는가. 자유는 내 안에 있다.

---

*

비가 그칠 줄을 모른다 엊그제 외출에서 돌아올 때 내리던
비가 지금도 그대로 쏟아지고 있다 돌아가는 길에는 항상 쓸
쓸해요 무언가 잃은 듯한 느낌이죠 차에서 내려주기 전 그녀
가 물끄러미 창 밖을 바라보다가 한 말 그때 창 밖에 저 비가
내리기 시작하고 있었다 택시에서 내리며 그녀가 다시 말했
다 내가 원한거지만요 그래 전화는 그녀가 했다 미친 듯이 놀
고 싶다고 늙어서 공부도 하기 싫고 하던 공부니까 끝을 봐
야한다고 그녀보다 다른 사람들이 더 떠들겠지만 우리는 왜
남들 때문에 그런 걸 해야하는지 이해가 안가지만 어쨌든 그
녀는 하고 있다 딱히 학위를 따서 무얼 하겠다는 목표를 그
녀는 한 번도 말한 적이 없다 그저 할 뿐이라고 했다 어느새
서른이 넘고 담배가 늘은 그녀는 이제 예전에는 안다고 생각
하던 인생을 이제는 모르겠다고 했다 항상 어린 친구라고 불

227

렀는데 이제는 어리지도 철이 없지도 않다 그저 지쳐만 보였다 누구나 그렇게 지쳐가나 베란다 너머로 도시를 보며 자꾸 그녀가 가면서 던진 말이 생각난다 돌아가는 길은 항상 씁쓸해요 무언가 잃은 듯한 느낌이죠 미친 듯이 정말 미친 듯이 뒹굴었는데 화장대 거울 앞에 서서 문득 자신을 보았을까 꿈을 지우 듯 아이섀도우를 그리면서 혹은 눈동자를 마주보면서 문득 나도 돌아서서 거울을 보았다 쳐먹기만 쳐먹는 한심한 내가 거기서 나를 바라보았다 이봐 어린 친구 그래도 나보다는 잘난 거야 무언가 잃었다는 걸 알아챘잖아 난 아직 내가 무얼 잃었는지 잃은 적은 있는 지 조차 생각해 본 적이 없어 내가 생각하는 건 그저 오늘 저녁에는 어디 가서 누구를 술친구로 하나 잡을까 그 것 뿐이야 가끔 그녀는 울고 나는 달랬지만 나는 내가 그녀를 왜 달래야 하는 지 조차 단 한 번도 생각해 본 일이 없다 그녀는 가끔 울고 나는 여전히 술을 마신다 그게 인생이니까

---- ✳ ----

너 가는 길에 이렇게 비가 내리면 어쩌냐, 어쩌냐, 너는 알아도 나는 모르는 가는 길에 비 내리니, 갈 곳을 안다는 듯이 너는 잘도 간다만, 나는 어쩌냐, 어쩌냐, 밤새 길을 적시니, 오늘은 나도 같이 젖었다. 먼훗날 하늘에 물어본다 오늘 밤 너도 젖었더냐.

*

어디로 가고 있나. 록폰기 네 거리. 기네스 한 병. 밤새 마셔
댄 연기에 숨 가쁘게. 하늘. 네온싸인들 위로 하늘이 검다.
하늘이 언제부터 저리 빛이 없었던가. 웨스트 니플이 맘에 들
어. 당신도. 그 얼굴 그려진 티셔츠 좋은데. 친구 그림이야.
내 친구 만화가. 너 독일년이냐. 아냐 나 폴란드. 너 근데 남
자야 여자야. 나 여자야. 트랜스 아니구. 아냐. 나 여자야. 미
안 미안. 괜찮아 신경 안써. 스타벅스. 베이컨빵이 떨어졌네.
배 고프다. 다 어디로 간거야. 널부러진 것들. 누가 바닥에 왁
싱 자국을 잔뜩 내질렀어. 치사토가 화났어. 괜찮아. 미안하
다고 할 걸 그랬어. 치사토가 초대했는데. 그 아이한테. 마유
코. 아. 마유코 그애. 너무 어려서 그래. 미안하다. 넌 너무 어
려서. 그래서 미안하다. 그림 그리는 것보다 그림 평하는게 재
밌나. 그냥 직업인걸요. 그냥이라구. 그래. 우린 지금 어디로
가고 있나. 록폰기 네 거리에 서서. 기네스처럼 쓴 맛. 네 눈
엔 인생이 보이니. 이봐 우리도 가야지. 누구나 가듯이. 이제
야 집이 생각났어. 문 연 곳 좀 찾아봐. 배 고파. 배 고파. 아
침 안개 속을 까마귀가 난다. 까마귀도 고양이처럼 쓰레기를
먹는구나. 쓰레기를 먹고 사는구나. 이제 어디로 가나. 알고
는 가는 걸까. 밀지 마. 시팔 새끼들아. 신호가 바뀌면 누구
나 가는거야. 힘들 땐 잠시 서있는거야. 오사카는 더웠어. 바
람 한 점 없더니. 도쿄는 왜 이래. 난 추워. 어디로 갈거니. 어
디든 가야하는데. 도쿄역은 열었을까. 택시 말구. 멀리 갈거
야. 하카다쯤. 첫차가 여섯시에 있어. 적어도 넌 갈 곳은 아

230

는구나. 난 모르겠던데. 가긴 가야하지만. 구토. 밤새 별 하나 없었어. 그래서 내가 토하는거야. 먼저 가. 이렇게 헤어지는거야. 만났을 때 처럼 이렇게. 안녕. 나도 가야지. 다음에 또 혹시 만나면 그때도 이렇게 만나자꾸나. 각자 갈 때도 이렇게. 기네스 한 모금. 어디로 가고 있나. 록폰기 네 거리에서서.

---
*

비가 쏟아지는 바닷가 모래사장에 여자 배우는 나체로 드러눕는다. 그 위로 남자 배우가 엎드려서 말한다. 바람. 바다. 비. 사랑. 외국 영화를 외국어 자막으로 본다. 기묘한 리듬감. 음악같은 프랑스어와 가벼운 일본문자의 엇박자와도 같은 느낌. 아무 것도 하지 않고 있다는 말의 뜻은? 그녀에게 전화를 걸고 함께 옌타이의 밤을 나누자고 말한다. 밤바다와 바람과 등불들. 얄팍한 수작. 사실 어제는 그녀가 살고싶어 할 지도 모를 작은 이층집을 보아두었다. 작은 꽃밭에는 무화과 열매가 주렁주렁 달려있고 대추가 열려있고 꽃 대신 파들이 삐죽삐죽 솟아올라 있는 이층집. 그녀를 위해 남김없이 하얀색으로 칠해달라는 조건을 걸었다. 주의사항. 중국인들과 계약을 할 때는 아무리 사소한 사항이라도 문자로 남기시기를. 베이징으로 떠난 젊은 작가 부부는 몇 권의 책을 남겨두고 갔다. 그 중 읽은 책. 콘스탄티노플 함락. 전도서에 바치는 장미. 종교의 기원. 마호메트. 도쿄에서 사온 포르노 몇 권을 읽으려

고 머리맡에 두고 중국 친구가 사온 만두를 먹는다. 커피를 갈고 물을 끓인다. 그녀의 전화. 아파트를 싫어하는 그녀는 흥분한 목소리로 사진을 찍어 보내라고 한다. 에어컨을 틀을까 모기향을 피울까 잠시 망설인다. 침대에 누워서야 일주일 내내 단 한 글자도 쓰지 않았음을 깨닫는다. 옌타이 정부주관 행사가 며칠째 열렸지만 술자리 외에는 참석하지 않았다. 다시 그녀의 전화. 이케아에 함께 가요. 장미도 병원에 데려가야하는데. 상하이에 들려야 하나 잠시 고민한다. 이케아는 베이징과 상하이에만 문을 열고 있다. 중국에서 공항이 있는 도시를 가는 건 어려운 일이 아니다. 뜨거운 물을 받으면서 맥주를 마신다. 아사코의 포르노소설을 읽기 시작한다. 포르노 배우였다가 포르노 소설을 쓰기 시작한 그녀. 점점 더 재미없게 쓰고 있다. 늙어서 성욕이 떨어진 탓일까. 이메일을 연다. 켄의 편지. 군마현에서 열리는 신사회에 오라고 한다. 신사들의 모임. 아니. 변태들의 모임. 상관없다. 어차피 인간은 바보와 변태 두 종류로 나뉜다. 내가 바보는 아니지. 다만 잠시 바보처럼 지낼 뿐. 나는 지금 아무 것도 하지 않고 있다.

---
*

창을 열었더니 비가 내리더군요 오랫만에 묵은 양복을 꺼내 입고 구두도 신었습니다 바람이 불고 바람 속으로 나갔습니다 내 양복이 날 기억하지 못할 것만 같은 그런 어색한 몸짓으로 비오는 거리를 쏘다녔습니다 친구와 그림도 몇 개 구

경하고 오랫만에 간간이 핸드폰도 받고 걸기도 했습니다 인사동 거리에서 사람들 틈에 섞여 그래요 세월은 가죠 작년에도 이렇게 가을비는 내렸고 올해도 또 아직은 두어 번 더 올 것 같습니다 인사동은 변함없이 잘 있었습니다 도대체 지금 내가 죽거나 내가 좋아하는 시인이 죽거나 내가 사랑하는 그 사람이 죽는다고 해도 동사무소의 태극기 한 번 내려지겠습니까 저 비싼 인사동 찻집 오 자네 왔는가가 임시휴업이라도 하겠습니까 훌쩍 떠날 수 있다면 무엇이 두렵겠습니까 아무도 떠나지 못하는 걸 나는 압니다 나 역시도 도대체 저 먼 산꼭대기에 올라 도를 닦는 신선들이 우리를 우습게 보는 까닭은 무엇입니까 그곳만 아름답다고여기는 착각입니까 나는 이곳이 아름답습니다 내가 걷는 이 복잡한 거리가 얼마나 사랑스러운지 지나고 나서 집에 와 누우면 몸서리쳐지게 좋습니다 내가 살아서 오늘 친구와 이 거리를 쏘다닐 수 있었다는 것이 환장하게 좋습니다 기억할겁니다 내년에도 비가 이렇게 내릴 줄은 압니다 작년에도 내렸듯이 내년에도 나는 떠나지 않고 여기 머물면서 비가 오면 나가겠습니다 친구와

---

* ---

여기 꼭 기억할께요. 눈을 감으면 떠오르는 곳이 되도록.

✻

오사카의 난파 역 앞에서 아들 녀석과 악수를 나누던 날이 기억난다. 지금보다 훨씬 날이 찼는데, 날이 차서인지 더 헤어지기 안타까웠다. 우울하기도 하다. 오늘은 내내 아들 녀석과 악수를 하며 지냈다. (거리를 달리는 차들의 파공성) 아내는 이사 가겠다고 했다. 가로수들이 황량해지기기 시작하는 거리. 지루한 번역에 매달리고 있다. 네온싸인들도 이제 힘을 잃는다. 글이 써지지 않는다. 그녀를 사랑한다고만 쓴다. (그녀를 정말 사랑한다) 내 초라함을 거울에 비쳐보고 싶지 않다. 면도를 해야겠는데 벽을 보고 면도를 해야 할까보다. 내가 슬퍼하면 그녀도 슬플 것 같다. 보고싶지만 참기로 한다. (보고 싶어 하는 것도 사랑이라면) 눈물을 흘리고 싶다 아니면, 눈물이 내게 남았을까 아니면, 눈물이 내게 있었던 때는 언제일까 아니면, 내게 눈물이 주어진 적은 있었을까 아니면, (머플러를 떼어버린 바이크 달리는 소리가 내 귀를 찢는다 시팔) 나는 전혀 그곳에 가고 싶지 않다.

✻

그녀가 물었다. '쓸쓸함을 어떻게 하지요?' 모르겠다. 나도. 나도 쓸쓸하지만, 쓸쓸함이 어디에서 오는 것인 지 모르겠다. 베로니카는 더 이상 욕망을 일으킬 타깃이 없어졌으므로 스물 다섯에 죽기로 작정했는데 나는 스물 다섯 나이에 혈기 왕성했고 세상을 떠돌고픈 욕망에 다른 가치도 의미도 몰랐

다. 술을 마시다 말고 그가 말했다. '눈에 외로움이 가득하네
요.' 아하하. 졸리워서라고 말했지만, 실은 외로웠다. 자기애가
강해서 외로운 것인 지도 모르겠다. 어쩌면 자기애가 약해서
자신을 가엾어 하면서 외로운 것인 지도 모른다. 아니, 어쩌
면 나만이 아니라 그 누구라도, 무언가에 미치지 못해서 외
로운 것은 아닐까. 욕망을 가져야겠다. 아무 때나 쓸쓸하지
않도록.

*

이사갔으면 어쩔 뻔 했니 그럼 그냥 지나가면 돼 그게 뭐가
문제야나 담배 배웠어 잘했다 진작 배우지 그랬어 엊그제 같
이 마신 술집 이름이 뭐였지 그 왜 불나면 다 죽을 거 같던
그 술집말이야 그거 나 아냐 전화해서 물어봐 아무나 기억
나는 다른 사람 거기 가고 싶다 철 좀 들어라 나이가 몇인데
남자 하나쯤 데리고 살아도 봐야지 술 한 주전자 앞에 놓구
인사처럼 시집가라고 하지마 난 너처럼 못사니까 넌 영악해
서 잘 살지 기가막히게 너같은 새끼들이 싫어 미친 년 발작
좀 하지마 넌 아쉬워 하는거야 네가 그려내는 그림보다 더 귀
한 걸 못가져서 못가진데 대한 미련 때문에 항상 속이 쓰리
지 사랑하고 욕심을 구분 못해 술 취한 척 하지마 나도 취했
으니까 섹스나 한 판 하면 우리도 남들처럼 다신 꼴 안볼 수
도 있을텐데 안타깝다 아니 지겨운건가 제발 놈팽이 좀 만나
서 그 새끼 땜에 못살겠다고 눈물 콧물 흘리면서 하소연 좀

해봐 다른 년들처럼 나도 잘 못 울지만 적어도 울 준비는 되어있어 그게 인생 아냐?

---------- ✳ ----------

그녀가 말했다. "나는 허구다." 내가 물었다. "나도 허구냐?" 그녀가 대답했다. "넌 침묵의 꿈이지." (썩기보다는 메마른 게 낫지 않겠냐?)

---------- ✳ ----------

전화가 켜지기를 기다리며 숙취를 만끽한다 와후쿠는 옷감이 비싸서 기스나면 모가지 잘린다고 전화까지 꺼놓고 일하는 너는 실은 코더보다 섹스를 더 잘한다 그걸 네가 모르고 있는 것 같아서 안타깝다 그런 거지같은 일에 목숨 걸지 마 콜걸을 하면 어떨까 생각해 봤어 내 친구 치사토한테 말해줄게 넌 섹스를 하고 돈을 받아서 그 돈으로 함께 식사를 하는 거야 초를 켜고 와인을 따라서 서로 건배를 하면서 돈이 남으면 반지라도 하나 살까 호텔 창으로 내다보이는 하늘이 이제 파랗게 물들어간다 네가 그랬지 이 방향은 요코하마 방향이 아니라고 그만 내다보라고 내가 널 이해하지 못하는데 네가 날 이해하겠니 난 이 시커먼 새가 빌딩들 사이를 날아다니는 괴상한 도시에 오면 항상 과거로 돌아가는 훈련을 한다 돌아가고 싶어 그 애도 정말 섹스를 잘했어 우리는 항상 침

대 아래에 누워서 서로를 끝없이 핥아주고는 했어 마치 잠을 자듯 그렇게 느릿느릿 서로를 핥았어 빗소리를 들으며 함께 잠을 잤지 잠에서 깨어나 키스를 하면 그 애 입에서는 항상 단내가 났어 초콜릿을 좋아했거든 그 애 가슴에서는 여름밤 소리가 들려 여름이면 에어컨을 끄고 선풍기를 틀었어 선풍기 바람을 맞으며 섹스를 했지 꿈처럼 창 너머로 기차가 지나가는 동네에 그 애랑 오래 지냈어 구포에서 부산역으로 향하는 기차가 달렸어 아아 넌 모르겠다 부산을 와 본 적이 없다니까 그 애는 종종 창턱에 매달려서 기차를 바라보고는 했지 나는 그 애의 그런 뒷모습을 참 좋아했어 이 담배 왜 사왔는지 모르겠다 맛대가리 없네 숙취에 피우는 담배가 얼마나 매력적인데 더 어두워지면 나가야겠다 공중전화마다 찾아 다니면서 기다릴게 널 사랑하지는 않지만 지금 네가 보고 싶다 만나서 같이 라운지에 가고 싶어 노란색 간판을 건 그 집 말이야 락크라프트인가 하는 거기서 너와 술을 마시고 야광등을 들고 나가서 춤추고 싶다 내가 카페라테를 마시는 건 그게 좋아서가 아냐 여기는 커피믹스하고 같은 맛을 내는 게 그 것 뿐이어서야 커피믹스 모르지 넌 제주에 데리고 가 달라고 했지 나 라이터 잊어버렸어 오릭스로 도금한건데 언제 사라졌는 지 모르게 사라져 버렸어 뭐 그다지 아쉽지는 않아 뭐든 때가 되면 사라지잖아 너도 지금 이 밤도 이 도시도 언젠가는 사라지겠지 그때가 되면 기억할게 널 오늘은 나와 섹스를 해줘

내 방 꾸며 놓았다고 어서 내려오라고 재촉하는 친구의 전화
를 받았다. 가서 딱히 어울려 주는 것도 아니고 그저 소주 한
잔 마시고 내 방에 틀어박혀 궁상이나 떨다가 훌쩍 떠날 것
인데, 푹 쉬다가 좀 가라고, 자기 돈 생겼다고 어서 내려오라
는 친구에게, 이제는 정말 가야겠다. 그 곳에 가면 언제나 친
구와 친구의 아내와 친구가 돌보는 여학생과 친구의 문하생
들이 모두 모여서 싸구려 닭발을 놓고 행복해한다. 시흥보물
맡았어. 진작 이런 거 할 걸 왜 그랬나 몰라. 돈 받아서 잘
먹고 살면 그 뿐인데. 뭐 대단한 것도 없더라. 그치? 나는 이
십 대에 안 사실을 이제야 안 자신이 대견한 걸까. 그 곳에
가면 언제나, 이 세상에서 제일 순진하고, 이 세상에서 제일
어리석고, 이 세상에서 제일 화 잘 내고, 이 세상에서 제일
잘 웃는 내 친구가 개구리밥풀을 키우고 있다.

술 탓이다 그래 술 탓이다 내가 이렇게 미열 속을 헤매는 게
다 술 탓이다 이게 다 너 때문이라고 단 한번도 생각해 본 적
없다 곰곰히 생각해 보니 우린 사랑한 적도 없다 우리가 서
로 얼마나 미워했는지 바람이 이렇게 불어오면 가슴이 아프
다 언제나 가슴이 아프다 굉장히 가슴이 아파 너 때문에 아
픈 건 아니다 내가 살아오면서 잘못한 일들이 하나 둘이겠니
웃던 날보다 울던 날이 더 많았으면서 그걸 사랑이라고 하겠

240

니 그러나 돌아가고 싶다 그 어느날처럼 네 따뜻하던 품에 코를 박고 엎드려서 네 노래를 듣고 싶다 널 사랑해서가 아니라 네 젖가슴이 눈동자가 두 발이 욕심날 뿐이다 네 엉덩이가 만지고 싶을 뿐이다 내게 다시 그 헛된 시간을 다오

                     ✻

이제 시간은 사진으로만 남았다 우리가 함께 그리워했던 그 사람 곁으로 그 친구가 먼저 아무에게도 귀띔조차 하지 않은 채 떠나갔다 그의 노래를 듣고 박수를 치던 시간 도시락을 까먹고 물을 나누어 마시던 시간들은 이제 한 장의 사진으로 남았다 그다지 아쉽지 않다 누구든 조금 더 먼저 갈 뿐이다 혹은 조금 늦게 떠날 뿐이다 얼마쯤 지난 후 내가 그곳에 가면 시간이 없는 그곳에서 그는 또 어떤 노래를 부르고 있을까. 달빛요정역전만루홈런.

                     ✻

그녀는 전화가 아닌 메일로 이렇게 말했다
안녕.

아침부터 커피를 연달아 마신다 어제 마신 술이 덜 깬 탓이다 그리고 술이 덜 깨서 몽롱한 것이 마약이라도 한 방 맞은 느낌이다 이 재미에 술을 마시지 어제는 노래를 너무 부른건가 목이 칼칼하다 이래서 가수들이 달걀 먹고 노래한다고 했나 누가 그러더군 어머어머 이렇게 젊으신 줄 몰랐어요 글로 볼 때는 무쟈게 노숙했는데 인생 엄청 산 사람 같았는데 만나고 보니 아니네요 또 누가 그러더군 목소리가 중후해요 정말 허스키하네요 중후가 무슨 뜻인지는 난 모르지 허스키한 건 그 전날 술을 많이 처먹어서야 만나보면 또 그러겠지 모야 애잖아 그럴테지 이제 다시 일을 시작해야지 열심히 일해서 돈을 벌고 그 돈으로 담배를 사고 그 돈으로 술을 사고 그 돈으로 여자들이랑 노는 거야 필요한 건 안 살래 필요한 걸 사는 건 사치가 아냐 그래서 재미가 없어 필요 없는 걸 사야지 그래야 신이 나지 침대나 장롱을 사는 건 진짜 바보 같은 일이지 그건 없어도 돼 돈 많이 벌면 벤츠를 사는 바보 같은 부자 녀석들한테 돈을 어떻게 써야 하는지를 보여줘야지 벤츠 한 대 값만큼 여행을 가는 거야 크루즈를 타고 세계 일주를 가는 거야 혹은 그만한 돈으로 레코드점의 씨디를 몽땅 사는 거야 그러고도 남으면 책방의 책을 몽땅 사는 거야 그러고도 남으면 술가게에 가서 술을 몽땅 사는 거야 그러고도 혹시 남으면 여자도 좀 살까 트랜스젠더의 거기가 궁금해서 트랜스젠더를 산 적이 있었어 토하겠더군 난 커밍아웃은 안 되는 인물이라는 걸 배웠으니 돈이 아깝지는 않았어 누가 또 그러더군 넌 바람 날 자세가 되어있는 거 같아 웃기지 마라 인마 난 타락할 자세가 되어 있는 거야 그게 다른 거야 누구나 바람 날 자세는 되어있어 난 타락하고 싶어 그래 넌 변태야 그럼 내가 바보로 보이냐 인간은 딱 두 가지 유형밖에 없어 바보 아니면 변태 록폰기에 가고 싶다 거기 가면 전 세계의 변태들이 모이는 술집이 있어 피어싱을 마빡에까지 한 새끼들이 젖꼭지에 쇠사슬을 매단 여자들하고 남들 보는데서 지랄을 하지 바람난 게 아냐 걔들은 이거 왜 하냐 당신은 몰라 딱 소리가 나는 그 쾌감 고압전류가 전신에 흐른다구 어이구 미친 놈이 설명도 잘하네 당신도 하나 하지 싫어 새꺄 난 그 변태가 아냐 내 변태는 눈에 안 보여 너나 실컷 해 아주 위장에도 하나 밖지 그러냐 그때 하나 배운게 있어 브라질 애들은 영어 못하더군 포루투갈 말을 한대 난 아메리카 대륙에 사는 인간들은 다 영어만 하는 줄 알았는데 말만 하면 웃길래 이년이 미쳤나 했더니 하나도 못 알아듣고 그냥 웃는 거였어 영국에서 온 디제이 한 놈이 한국 말을 잘 하더군 나 이태원에 있었어 남산도 알고 한강도 알아 민속촌 좋아 한국 여자들 끝내줘 이 개쌔끼 너 영어 강사했지 웃지 마 새꺄 한국 여자들 건드리지 마 다 내 거야 자식이 농담인 줄 아네 여기 뭐가 좋아서 오냐구 책 계약해서 온다 인마 아님 이런 골빈 놈들만 오는 술집을 같이 골 비려고 오겠냐 스킨십 하지 마 징그러 거기 다시 가고 싶다 거기가 특히 좋은 건 담배 연기가 꽉 차서 숨을 쉬기가 어렵다는거야 가고 싶은 사람 말해 약도 그려줄게 겁내지 말구 가 아주 재수없어 봐야 약 처

먹은 새끼들한테 칼 맞아 죽는 정도니까 가족이나 친구까지
죽는 거 아니니까 가봐도 돼 같이 가볼 사람? 일이나 하자

---------------------------------- ✱ ----------------------------------

눈이 내렸어 아 그래 겨울이야 올 겨울은 가슴이 아프구나
왜요 창가로 가서 서봐 여기서도 보여요 바보 창가의 풍경에
네 모습을 더하려고 그러지 네가 창 밖을 바라보며 서 있는
풍경을 기억하려고 그러지 젊어서 사진을 찍어댈 때는 어느
모습이든지 카메라에 담아야 안심을 했어 바보같은 생각 그
래 기억에 남기는 것이 얼마나 좋은데 왜 가슴이 아파요 우
리가 보는 풍경들이 곧 사라져 버릴 테니까 젊음을 믿지 마
언젠가는 네 곱던 살결도 네 아름답던 머리결도 맑고 영롱하
던 눈빛도 다 변하는 거야 그렇게 말하니까 안타깝네요 사랑
도 믿지 마 영원한 사랑은 원시인도 안 했을 거야 사람들이
눈을 가리고 귀를 막고 아무리 현혹해도 하지마 사랑같은 거
그럼 뭘 하죠 아무거나 사랑만 하지 마

---------------------------------- ✱ ----------------------------------

모국과 타국은 밤의 무게가 틀리다. (나도 가끔은 그리운 게
있다)

냉동실의 까마귀

초판 1쇄 인쇄   2015년 3월 16일
초판 1쇄 발행   2015년 3월 20일

지은이   손승휘
펴낸이   이춘원
펴낸곳   책이있는마을

기획   강영길
편집   고요섭
디자인   고요섭
마케팅   강영길
관리   정영석

주소   경기도 고양시 일산동구 장항동 753번지 청원레이크빌 311호
전화   (031) 911-8017
팩스   (031)-911-8018
등록일   1997년 12월 26일
등록번호   제 10-1532호
이메일   bookvillage1@naver.com

ISBN   978-89-5639-223-3 (03810)

잘못된 책은 구입한 곳에서 바꾸어드립니다.